JN084828

ほっといて下さい6

～従魔とチートライフ楽しみたい！～

シルバ

魔獣フェンリル。
ミヅキの従魔で
高度な魔法を自在に操る。
ミヅキが何よりも大事。

シンク

鳳凰の雛。
ミヅキに命を救われ、
従魔の契約を結ぶ。

コハク

魔獣ケイパーフォックス。
田んぼでミヅキと出会い、
従魔の契約を結ぶ。

ミヅキ

事故で命を落とし、幼女として
転生してしまった。
異世界ではトラブルに
巻き込まれがち。
周囲が過保護すぎるのが悩み。

アラン
王都の部兵隊の隊長。
ディムロスの息子で
ベイカーの兄弟子。
グリップ
王都の部兵隊の兵士。
魔法が得意だが、
秘密があるようで……？
コジロー
短剣使いの忍者。
無口だが
愛情深い。
ベイカー
誠実で頼りがいのある
A級冒険者。
ミヅキの保護者で、
彼女には常にデレている。
CHARACTERS
登場人物紹介

プロローグ

私、ミヅキは前世で事故に遭い命を落とし、気がついたら幼女の姿に転生してこの世界にいた。

最初はあまりに予想外な展開に驚いたものの、頼りになる可愛い従魔達――フェンリルのシルバや、鳳凰（ほうおう）の子供のシンク。

新たに従魔となってくれた、ドラゴンのプルシアやケイパーフォックのコハク。

身寄りのない私の親代わりになってくれた、世話焼きのベイカーさんやコジローさん。

馴染みになったお店『ドラゴン亭』のリリアンさん達や、お米作りを手伝ってくれる子供達に囲まれて賑やかに過ごしていた。

しかし、ゆっくり過ごしたいという私の気持ちとは裏腹に、誘拐されたり王子に気に入られたりと、私の周りではトラブルだらけ。

その代わりにたくさんの素敵な人達との出会いもあった。

ドラゴン亭の手伝いで向かった王都では、王宮に勤める部隊兵達と仲良くなった。

王都の第五部隊の隊長のアランさんはベイカーさんの兄弟子でもあり、町のギルマスであり、私のことを溺愛してくれるおじいちゃんでもあるディムロスさんの息子だったのだ。

アランさんは私の作るご飯が気に入ったのか、よく私達がお米を作っている土地を訪れていた。

「おーい、ミヅキ」

「あっアラン隊長」

今日も朝からアラン隊長が一人で私達の所に遊びに来た。

「今日もシルバと手合わせに来たの？」

「いや、今日はシルバ達に招待状を渡しに来た」

「招待状？」

仕事をしている手を止めてアラン隊長の側に寄る。デボットさんとレアルさんもいつの間にか隣に来ていた。

二人は最近私の元に来てくれた従者である。

デボットさんは、かつて私を誘拐した元誘拐犯で、奴隷になったところを私が買い取ったのだ。

レアルさんは、王宮に勤めていた時に私に大迷惑をかけ、クビになったところをそのまま雇わせてもらった。

「アラン隊長、あまりミヅキに変なことをさせないで下さい」

「そうだ、ミヅキはただでさえ色々とやらかすから、目が離せない」

二人はジロリとアラン隊長を睨みつける。

「まぁまぁ、今回は大丈夫だろ。だって誘うのはミヅキ本人じゃなくて、従魔達とベイカーだからな」

「『あっ、それならどうぞ』」

二人はそろって笑顔になる。

「それでお誘いってなに？」

私は話が気になってアラン隊長に問いかける。

「今度、全部隊で合同練習をする予定があるんだ。それにお前達も参加しないか？」

「なにそれ！　面白そう」

合同練習だなんて、話を聞くだけでワクワクしてしまう。

シルバ達を見ると、参加したいと尻尾を振っている。

【ミヅキ！】

【ふふ、わかってるよ】

私はアラン隊長のお誘いを快く受けることにした。

「あっでも、ベイカーさんに聞いてみないと」

「それは大丈夫だ。あいつに拒否権はない。それに他にも来たい奴がいたら連れてきていいぞ」

アラン隊長は詳しい日時は追って知らせると言って、その日は早々に立ち去った。

「合同練習か……なんか楽しそう！」

王都での楽しいイベントの予感に私は胸躍らせるのだった。

一　合同練習

「ふわぁ～」

合同練習当日。

私は欠伸をしながら部屋を出た。丁度ベイカーさんも部屋を出てきたところだった。

「ベイカーさんおはよう～」

「おう！　ミヅキおはよう、ちゃんと起きられたんだな」

この世界には目覚まし時計がない。

だから、私はなかなか時間通りに起きられず、たまに寝坊することがあった。

しかし、私には目覚ましよりも頼りになる存在がいる。

「シルバが起こしてくれた～」

そう言って、誇らしげなシルバの頭を撫でた。

「ははは！　さすがシルバだな。さぁ準備して行こうぜ、きっとコジローが外で待ってるぞ」

「そうだね。合同練習楽しみだなぁ。ベイカーさん頑張ってね！」

「任せておけ！　王都の兵士達なんかに負けねぇからな！」

やるからには全力でやる！

最初は合同練習への参加を渋っていたベイカーさんだが、かっこいい所を見たいと言ったらコロッと態度を変えて今は気合いを入れていた。

部屋を出て下に降りるとデボットさんが用意を終えて私達を待っていた。

「デボットさん、おはよぉー」

「ああ、おはよう」

みんなで外に出るとやっぱりコジローさんが待っていた。

「コジローさん、おはよぉー」

駆け寄って抱きつくと、コジローさんは優しく微笑み受け止めてくれる。

「ミヅキ、おはよう。ベイカーさんもシルバさんもデボットもおはようございます」

「おはよう、じゃ早速行こうぜ」

合同練習には、デボットさんとコジローさんも含めた皆で行くことになったのだ。

皆で集まり、並んで話しながら招待された王宮の練習場に向かう。

練習場に着くともう、部隊兵の皆が揃っていた。

隊長達が集まって話をしている所に私は駆け寄ると「皆さんおはようございます！　今日は合同練習のお誘いありがとうございます」と元気よく挨拶する。

「ミヅキおはよう、今日はお手柔らかに頼みますよ」

カイト隊長が爽やかに挨拶を返してくれる。

うん、今日も練習着も着こなして安定のイケメン！

「ミヅキ、久しぶりだな」

カイト隊長の隣にいた副隊長のエドさんが話しかけてきた。

「エドさん久しぶり〜」

「相変わらず色々噂がきてるぞ」

エドさんはそう言って、ニヤニヤと含み笑いをする。

なんだ噂って……？

「ミヅキさんおはようございます」

心当たりがありすぎて悩んでいると、いつの間にかガッツ隊長が側に来ており、長身の体を屈ませながら笑いかけてきた。

「ガッツ隊長、おはようございます。体調は平気？」

「ええ、問題ないです！」

ガッツ隊長は逞しい腕で力こぶを作る。そんな様子をジィーッと観察するように見つめていると、ちょっと小柄な兵士さんが慌てた様子で駆け寄ってきた。

「ほら！　隊長が怖い顔をしたからミヅキさんが固まってますよ！」

小柄な兵士さんは私が筋肉に見とれているのを、ガッツ隊長の顔が怖くて怯えていると勘違いしたみたいだ。ちゃんと誤解を解かないと！

「隊長の顔かっこいいよ。それにその筋肉……ちょっと触っていい？」

「「「えっ？」」」

小柄な兵士さんも他の人達も私の発言に驚き声をあげた。

ガッツ隊長はもちろんと言って屈んだ後、腕を差し出した。私は遠慮なく筋肉をぺたぺたと触らせてもらった。

「凄い！　ガッツ隊長、筋肉モリモリだね。かっこいい」

引き締まった筋肉にこれまでどれほど努力してきたのかを思い、尊敬のまなざしでガッツ隊長を見上げる。

「まじで喜んでる……」

「あのガッツ隊長の顔、とろけてていつもより怖い」

ガッツ隊長は私に筋肉を褒められて嬉しそうだったけれど、隊の皆がざわついてしまった。

「ガッツ隊長よかったっすね、筋肉を褒められて」

そんななか、先程の小柄な兵士が嬉しそうにガッツ隊長に声をかけた。

ガッツ隊長と仲の良さそうな様子を見て、私は初めましてと兵士さんに挨拶した。

「僕は第二部隊副隊長のパックです。よろしくミヅキさん」

「副隊長なんですか？」

小柄であんまり強そうに見えないので驚いてしまった。笑顔がちょっとデボットさんに似てて、色々と考えていそうな人という印象だった。

「よろしくお願いします。パック副隊長」

「よう！　ミヅキ〜」

パックさんに挨拶していると、今度はアラン隊長がダルそうに歩いて来た。

「げっ！」

後ろからベイカーさんの声が漏れる。

「おっ！　ベイカー、逃げずに来たな」

アラン隊長がベイカーさんに気がついてニヤニヤと笑っている。

「ふふふ……」

二人の様子に思わず笑ってしまった。

「何笑ってるんだ？」

ベイカーさんが自分のことを笑われたと思ったのかジロッと睨んでくる。

「だって、ベイカーさんとアラン隊長、笑い方そっくり……ぷっ！」

堪えきれずにあははと思い切り笑った。

「「似てねぇし！」」

ベイカーさんとアラン隊長が納得がいかないといった表情をしている。

やっぱりそっくり！

「ほら隊長、人をからかうのはそのくらいにして下さい！」

セシルさんがアラン隊長を止めると「そろそろ、私達も挨拶させてくれる〜？」と綺麗なお姉さんが声をかけてきた。

「げっ、ミシェル」

アラン隊長が顔を顰めて、綺麗なお姉さんに場所を譲った。

「初めましてミヅキさん。私は第三部隊隊長のミシェルよ、よろしくね～」

差し出された手を見てしっかりと握手を交わす。

あれ……？

「よろしくお願いします。ミシェル隊長、とっても綺麗だね！　男の人とは思えない！」

私の言葉に周りが固まった。

「この子……」

褒められたのに喜ぶこともなく、ミシェル隊長まで動きを止めてしまった。

「ミヅキ、ミシェルが男だってわかるのか？」

アラン隊長に確認されたので、コクリと頷いた。

「えっ？　うん、握手した時にわかったよ？　でも男の人なのに綺麗でかっこいいねぇ～。服もアレンジしてあって、それでいて似合ってて素敵！」

改めて本当のことを言うとミシェル隊長は表情を崩して笑った。

「ふふふ、ありがとう。ミヅキちゃんも可愛いわね。食べちゃいたいくらい」

「えー！」

お世辞でも嬉しい！　思わず二人で顔を見合わせて笑い合ってしまう。

「アランさん、本当にあの人男なのかよ！」

ベイカーさんがコソッと確認するように話しかける。

「ああ、れっきとした男だ。あんなにすぐに見破ったやつ初めて見るけどな」

「まぁミヅキだから」

ベイカーさんが呆れ気味に言っている。

「それにしてもミヅキは、男が女の格好をしてることになんの疑問も持ってねぇな？　なんでだ？」

アラン隊長が首を捻っている。聞こえてますよ！

もんね。私は、好きなものを身につけて、似合っていればなんでもいいと思うけど。

確かにこの世界には、ミシェルさんみたいな人は少ないみたいだ
「ほら、次がつっかえてんだよ！　お前は退いてろ！」

後ろから乱暴な声がかかると、ミシェル隊長がスッと退いた。その動きがあまりにも優雅で見とれてしまった。

「俺は第四部隊隊長のタナカだ！」

「田中!?」

私は名前に驚いて、思わず呼び捨てで叫ぶとタナカ隊長を見上げた。

「なんだ？　文句でもあんのか？」

タナカ隊長は面白くなさそうに見下ろしている。

なんか……雰囲気といい、喋り方といいヤンキーみたいだった。

でもタナカって……前世でよく聞いた名前なので、まさか自分と同じ境遇なのではと思った。私は恐る恐るタナカ隊長に前世の言葉で声をかける。

「タナカ隊長……【あなたは日本人？】」

「「「「!?」」」」

隊長達は聞いたことのない言葉に反応している。

「なんて言ったんだ？」

だけど、タナカ隊長は私の言葉を聞いて怪訝な顔をするだけだった。その反応にホッとしつつも、少し残念に感じる。

「いえ、すみませんでした。タナカ隊長、よろしくお願いします」

同じ転生者かもと思ったけど違うみたいだな。少し寂しくなってしまったけれど、頑張って元気に見えるようにタナカ隊長に挨拶をした。

「ちょっとタナカ～！　言葉使いが悪いから、ミヅキちゃんがしゅんとしちゃったじゃない」

ミシェル隊長が怒りながらタナカ隊長を注意した。

「うるせぇな女装野郎、近寄んな！　気持ちわりぃ」

タナカ隊長の暴言に私はカチンときた。ミシェル隊長は、自分の好きな格好をしているだけなのに、他人がとやかく言うのは違うんじゃない？

「タナカ隊長！　ミシェル隊長の容姿は今の話には関係ないですよ！　それにミシェル隊長は今のままでとっても素敵です」

「このチビが……」

つい怒って反論した私に、タナカ隊長は青筋を立てる。そんなタナカ隊長の様子を見て、シルバが私の横に立ち牙を向けた。

「タナカ……お前、口がすぎるぞ。ミヅキさんはこちらからお願いして練習に参加してもらっているお客様だ、口の利き方に注意しろ！」

ガッツ隊長がギロッと睨みながら注意した。

「全くです！　謝りなさい」

カイト隊長も同意すると他の人もそうだそうだと頷いていた。

「うるせぇ！」

タナカ隊長は皆に責められて、気まずそうに悪態をつきながら自分の部隊を引き連れてどこかに行ってしまった。

「ミヅキ、不快な思いをさせてすまないな」

「あいつはまだ隊長になって浅くてね……自分の立場が分かっていないんだ」

カイト隊長もガッツ隊長も申し訳なさそうに謝ってくれる。

「別に平気だよ、それにタナカ隊長が怒った理由も少しわかるし」

「わかるのかよ！」

私とタナカ隊長のやり取りを見守っていたベイカーさんが、驚いたような顔をしている。

「だって、こんな立派な隊長達に囲まれてるんだもん。きっと、自分も隊長らしくならなきゃって焦ってるんだよ。もう少し余裕が出て来るといいねぇ〜」

「お前はどこのご隠居（いんきょ）だ！　発言が幼児じゃねぇんだよ！」

ベイカーさんが思わずといった様子でツッコミを入れる。

失礼な、こちとられっきとした幼児だわ！　見た目だけは！

心の中ではベイカーさんにプンプンしながら怒っていた。

◆

「あれが、皆がご執心のミヅキちゃんねぇ～」

ミヅキがベイカーに怒っている横で、ミシェルがアランに声をかけていた。

「どうでしたか？」

カイトが窺うようにミシェルの顔を覗く。

「確かに只者じゃないわねぇ……」

ミシェルの様子を窺うに、なかなかの好感触だったようだ。

「ミヅキさんの魅力はこんなもんじゃないですよ」

ガッツも真剣な顔で力説している。

「ガッツ隊長のあんな顔、初めてみましたよー」

パックは何かを思い出したのか笑っていた。

「ね～、ガッツ隊長って笑うのね。私もミヅキちゃんともっとおしゃべりしてみたいわぁ～」

「げっ！　ミヅキがミシェルに目を付けられた」

アランは大袈裟に顔を顰(しか)めた。

「何よ、皆だって手を出したんだから私にだってその権利はあるでしょ！」

ミシェルは「ミヅキちゃ～ん」とベイカーと言い合っているミヅキの元に駆け寄っていく。

「あれはかなり気に入ってるな……」

アランがボソッと言うと、それを見ていた隊長達が同意するように頷いた。

◆

「よし、じゃ各部隊整列！」

セシルさんが声をかけると副隊長を先頭に皆が綺麗に列を整える。

一糸乱れぬ様子が軍隊みたいでかっこいい！

部隊長達が前に立ち、私達は部隊が整列している横に並んだ。

「皆も知っていると思うが、本日の合同練習にはミヅキさんの従魔達とベイカーさん、コジローさん、デボットさんも参加している。いつもとは違う練習メニューも考えてあるので、最後まで気を引き締めて行うように！」

アラン隊長が一番後ろまで聞こえるような大声で、今日の合同練習について説明する。いつもとは違う真面目な様子に感心してしまった。

「では、まず軽く練習場を走るぞ！」

アラン隊長の言葉を聞いて、私とデボットさんはそっと端に避けていく。

「なんだ、ミヅキは参加しないのか？」

その様子を見て、エドさんが声をかけてきた。

「私が参加したら足でまといだからね、シルバ達がその分頑張るからよろしくね」

【僕も走るのはいいや～】

シンクがシルバの体から私の肩に移動した。

【シルバ、コハク頑張ってね！】

シルバとコハクは尻尾を振るとベイカーさん達と共に列に並んだ。

「じゃ、手始めに十周な～」

アラン隊長が軽く言って走り出すと、皆が続いて走っていく。

「なんか、ペースが速くない？」

私は隣のデボットさんにそっと耳打ちする。

「あれが部隊兵達の軽くなのか？」

デボットさんも呆れるその速さは、全力ダッシュしているくらいの速さだった。

「しかも十周って、ここ一周何メートルあるの？」

広いグランドを見るに、一周とはいってもかなりの長さがありそうだ。

しかし、皆はあっという間に一周を走り終わり、私達の目の前を悠々と通り抜けていく。

「みんなー、頑張れー！」

声をかけると手を振り返してくれる人がほとんどで、まだまだ余裕がありそうだった。

「凄いね、一応走り終わった時の為に飲み物を用意しておこうかな」

グランドの端に良さそうなスペースを見つけたので、魔法で屋根付きのテーブルを造る。

「お、おい、勝手にこんなのを造っていいのか？」

「帰りに壊していくからいいでしょ」

デボットさんは焦っているけれど、私は気にせずにテーブルに麦茶（むぎちゃ）とレモネードを用意した。

走っていたベイカーさんが私の用意した飲み物に気がついたようだ。

「ミヅキー、あの黄色い飲み物を持ってきたのか！」

走りながらベイカーさんが声をかけてくる。

「うん、終わったらねー」

あっという間に走りすぎていったベイカーさんに返事を返す。

するとベイカーさんは気合いを入れたのか速度をあげると先頭のアラン隊長を抜いた。

「アランさん、先に十周しちゃいますね！」

【なに？　追い越していいのか？】

そんなベイカーさんを見てシルバも反応する。そしてあっという間にベイカーさんを追い越した。

「なっ、シルバ速すぎ！」

ベイカーさんが後を追いかけるが、先頭を走るシルバとの距離はどんどん開いていく。

「お前ら、客人に舐められてるぞ！」

独走するシルバとベイカーさんを見てアラン隊長もスピードをあげた。

「なんか……軽く流すって感じじゃないよね？」

「ああ、あの人達、何してんだか」

いつの間にか本気で走ってる面々を、私とデボットさんは呆れて見つめていた。

◆

「ミヅキ、飲み物くれー！」

十週を走り終えたベイカーさんが、汗を拭きながら私の所にレモネードを貰いに来た。ベイカーさんが気にしていた黄色い飲み物は、レモンとはちみつで作ったレモネードだったのだ。

「ちょっとベイカーさん、速すぎない？　もっとゆっくり走りなよ！」

文句を言いながらもレモネードを渡すと、ベイカーさんはグイッと飲み干す。

「ぷはぁー！　やっぱり美味い！」

「昨日味見で散々飲んだじゃん」

「いや、運動した後はまた格別だ！」

【シルバもコハクもレモネードを飲む？】

【俺はミヅキの水がいい】

シルバの答えにコハクも頷く。二人はいち早く戻ってきたので、先にお水をだしてあげていた。

シルバ達にはレモンは酸っぱすぎたかな？

走り終わった面々があちこちではぁはぁと息を整えていると、隊長達が集まってきた。

「ミヅキー俺にもくれ、おっ！　麦茶(むぎちゃ)がある」

アラン隊長に麦茶(むぎちゃ)を渡すと、これまたあっという間に飲み干す。

「アラン隊長……何その色の水、腐ってません？」

麦茶(むぎちゃ)の色に皆が怪訝(けげん)な顔をしている。

「ミヅキさんが用意するものに変なものなどないでしょ」

カイト隊長が迷わずに麦茶(むぎちゃ)のコップを掴むと一口飲んだ。

「美味しい」

味にびっくりした後は、残りもごくごくと飲んでいる。その様子を見て、他の部隊兵の皆も飲みたそうにゴクッと唾を飲んだ。

「よかったら皆さんもどうぞ。こっちの茶色いのが麦茶(むぎちゃ)で、こっちがレモネードです。レモンを搾ってはちみつで甘くしてありますよ」

「そっちも飲もう！」

アラン隊長がレモネードにも手を出した。

「うっま！　なんだこれ！」

他の隊長もどれどれとレモネードにも手を伸ばす。

「爽やかで甘くて美味しいわぁ〜！」

ミシェル隊長が上品に口に手を当てて驚いている。

「コジローさんも飲んでね～」

遠慮して後ろにいたコジローさんに笑顔でレモネードを渡す。

「これからまだ練習あるから飲みすぎないようにねー、特にアラン隊長」

ジロッと見ると、アラン隊長が三杯目のコップに手を伸ばそうとしていた。

「まだまだ用意してあるから、また後でね」

注意されたアラン隊長は、渋々手を戻した。

「さぁお前ら次だ、次！　今度は……新しい訓練の鬼ごっこだ！」

「「鬼ごっこ？」」

部隊兵達が練習メニューを聞いて戸惑っている。

「今更、子供の遊びっすか？」

「鬼ごっこなんて軽いよな」

部隊兵達が楽勝、楽勝と笑っている。

「ちなみに鬼はこちらのミヅキの従魔のシルバとコハク、ベイカーとコジローさんがやる」

『へっ？』

先ほどまで笑っていた部兵隊達が表情を変えた。

「彼らに鬼ごっこの陣地の線の外に投げ出されたら終わりだ。最後まで残ってた五名に、ミヅキから特別なご褒美があるそうだぞ！」

「ちょっと、隊長！　フェンリルが鬼なんですか？」

「ああ、でも鬼ごっこなんて楽勝なんだろ？」

アラン隊長がニヤッと笑ういながら練習場に大きく長方形の線を書く。

「この線の中にさっさと入れ！　出されたら速やかに端に避けろよ」

皆がゾロゾロと線の中に入ると、鬼になったシルバ達から距離をとる。

「思ったより広いな、これなら逃げ切れるか？」

部隊兵達が少し安堵しているところにアラン隊長が声をかけた。

「ちなみに隊長達は見学と審判だ！　じゃ行くぞ！　よーい……はじめ！」

アラン隊長の合図にシルバ達が一斉に線の中に入る。

「やばい！」

シルバはあっという間に部隊兵達の後ろに回り込み、足を取ると前足でポイッと横に払った。兵士さんはすごい勢いで線の外に投げ出された。

「グッハ！」

【あれ？　コレでも力が強すぎたか】

脇腹を痛そうに押さえている兵士にアラン隊長が近づく。そして、ちょんちょんと脇をつついて確認する。

「骨は折れてはいないようだな、なら問題なし」

その言葉に部隊兵達は冷や汗が流れた。私は慌ててシルバに声をかけた。

【シルバ、もうちょっと力加減してあげて！】

【わかった！　わかった！】

シルバは頷くと次の兵士に狙いを定めて駆け出した。

トントントン。

一瞬で兵士達を続けざまに外に出していく。

「全然動きが見えねぇ！」

シルバの周りだけでなく、違う所でも声があがる。

「この人、動きがアラン隊長そっくりだ！」

兵士達が、ベイカーさんに首根っこを掴まれてポイッポイッと外に投げ出されている。

「やばい、後ろを取られるな！」

「前も後ろも逃げ場がねえよ！」

「うわぁ、今度はなんだ！」

今度はコジローさんに足を引っ掛けられて、服を掴まれポーイと外に投げ出される兵士が見えた。

「足音が全然しないぞ、気をつけろ！」

「それならあの狐だ！　それなら俺達でも……」

一見おとなしそうに見えるコハクを眺め、安全そうだと逃げ惑う兵士達が集まってきた。

「まて！　すばしっこいしあの速さで体当たりしてくるぞ！」

パニックになる兵士達。どうやら彼らはどこに逃げても外に出る運命だったようだ。

「おいおい、ちゃんと頭使って逃げろよー」

アラン隊長が情けないと外から檄を飛ばす。

シルバ達の活躍で、線の中にいつ部兵隊達の人数はあっという間に半数以下になる。そうするとスペースが出来て、逃げるのも少し楽になっているようだ。

「副隊長達は皆残ってますね」

カイト隊長が感心しながら様子をうかがっている。

「まぁ、早々に捕まってたらメンツが立たないからな」

「でも……私でもアレには掴まちゃうわ～」

ミシェル隊長がシルバを見ている。隊長達も頷いているから、やっぱりシルバはすごいみたいだ。

「あれでも全然実力を出してないから恐ろしい」

ガッツ隊長はシルバと戦ったことがあるだけにしみじみと頷いている。

「怖いわねぇ～」

「あっ、そろそろ二十名くらいになったな！」

アラン隊長が残っている人数を数えだす。線の中には各部隊の副隊長と部隊兵が数十人残っていた。

「ここからが本番だな！」

隊長達がニヤッと笑った。

シルバは一人の兵士に狙いを付けると「シュン！」と一瞬で間合いを取る。すると兵士がそれに反応して横に飛び退いた。

【コハク、今だ！】

狙い通りに横に飛んできた兵士にコハクがポンッと体当たりすると、バランスを崩して兵士が外に出てしまった。

「何やってんだ、オリバー！」

タナカ隊長がやられた兵士を叱咤する。

「いや～、無理だろ、避けただけでも褒めて欲しいわ！」

オリバーさんが体の土を払うと待機場所に戻ってきた。

「無理じゃねぇ！」

タナカ隊長は自分の部隊兵がみんなやられてしまいイライラしているみたいだ。

「じゃ、タナカ隊長も相手してみて下さいよ！」

オリバーさんがご機嫌ななめのタナカ隊長を軽くあしらう。

「それいいな、タナカお前も参加して来い」

アラン隊長がいい考えだと手を叩く。

「ああ、やってやろうじゃんか！」

アラン隊長がシルバ達に声をかけると、タナカ隊長は線の中に入っていった。

【あいつ、さっきミヅキに舐めた口を利いたやつだな】

シルバがタナカ隊長を見ると周りの空気がピリッとした。それに気がついてベイカーさんがシルバに声をかける。

「おいシルバ、気持ちはわかるが本気は出すなよ」

シルバがわかってるとばかりにふんと鼻息を出すと、先にコハクが動いた。先程までとは比べ物にならない速さでタナカ隊長に向かって突進するが、サッと避けられる。

「やるなぁ」

【ほぉ……】

ベイカーさんもシルバもタナカ隊長の動きに少し警戒をする。

「生意気なやつだが、さすがに隊長になるだけのことはあるな」

ベイカーさんが声をかけると「ふん、当たり前だ！」とタナカ隊長がバカにするなと睨みつけた。

【じゃあ俺が行こう】

シルバがザッと前に出るとタナカ隊長がジリッと警戒して後ずさりした。タナカ隊長はシルバの行動を見逃すものかと食い入るように見つめていたが……何の前触れもなく目の前にいたシルバは一瞬で姿を消した。

「なっ！」

タナカ隊長は声を出そうとしていたが、同時に右脇にシルバが突進する。その瞬間にタナカ隊長は意識を手放してしまった。私はやりすぎたシルバの前に立ってお説教をする。

【シルバ！　やりすぎないでって言ったでしょ！】

【で、でもあいつ、ミヅキのことを睨んでいたから……】

シルバのシュンとした姿を見てため息をつく。

「おっ、目が覚めたか？」

アラン隊長の声に、シルバへのお説教を止めてタナカ隊長の様子を見に行くことにした。

「俺、やられたのか……？」

「ああ、瞬殺だったな！」

アラン隊長が容赦なく笑う。

「くっそっ！」

悔しそうにしているタナカ隊長の側に行き声をかけた。

「タナカ隊長、大丈夫？」

タナカ隊長は「ああ」とぶっきらぼうに答えてくる。

「隊長、いい加減にしろ！」

ゴン！　とオリバーさんがタナカ隊長の頭に拳骨をくらわせた。

「な、何すんだ！」

タナカ隊長が頭を押さえながらオリバーさんを睨んだ。

「ミヅキちゃんに嫉妬するのもいい加減にしろ！」

嫉妬？　どういうことだろう。

「ち、違う！」

皆が見つめるとタナカ隊長が慌てて首を振る。

「他の隊長達がミヅキちゃんのことを構うもんだから、嫉妬してるんですよ！」

あっ……なるほどね。

「なかなか他の隊長達みたいに立ち回れないから焦ってるところに、隊長達が凄い凄いと褒めるもんだから」

「そうだったのか、タナカ。それは悪かったな」

オリバーさんの言葉を受けて、ガッツ隊長がタナカ隊長の頭を子供をあやすように撫でた。タナカ隊長はその手を振り払うと、顔を赤くして怒っている。

「違う、そんなんじゃねぇよ触るな！」

なんか、いじけてる子供みたい。私は思わず「ぷっ」と笑った。

「このガキぃー！」

私に手を出そうとしたタナカ隊長は、またオリバーさんに頭を叩かれた。

「お前！　仮にも俺は上司だぞ！」

「今のは幼なじみとしてだ！　お前怪我した脇腹はどうなんだ？」

そう言われてタナカ隊長は右脇を触るが、痛みも何もないことを不思議そうにしている。

「確かに気を失う前に激痛が襲ったはずだ」

そう言って首を捻っている。

「ミヅキちゃんが手当てしてくれたんだぞ。何か言うことはないのか！」

「お前が治してくれたのか？」

「だって、うちのシルバが力入れすぎちゃったみたいで……逆にごめんなさい」

私が頭を下げると周りの隊長がジトッとした目線をタナカ隊長に送っている。

「あっいや、あれは練習での事故だ。気にすんな」

そうは言っても怪我をさせてしまい申し訳なく思っていると……

「ああもう！　大丈夫だ、治してくれて感謝してる」と、躍起になったのか大声で答えた。

「タナカ隊長、これよかったら」

私がレモネードを差し出すとタナカ隊長は受け取ってくれた。

そして、投げやりになったのかゴクゴクと勢いよく飲みだした。

「なんだこれ、すっげぇ美味い！」

「だろ？」

何故かアラン隊長がドヤ顔をする。

「それに何だか力が戻ってくるような気がする」

ギクッ！　私の作った食べ物の秘密に気がつかれたかと表情が固まるが、タナカ隊長はそれ以上何も言わずにレモネードを飲み切った。

「ご馳走様、美味かったよ」

「どういたしまして」

私はニッコリと笑顔を返した。

「さぁタナカ隊長も大丈夫そうだから練習を続けるぞー」

アラン隊長が声をかけると、先程の残ったメンバーで鬼ごっこを再開した。

◆

「はい、そこまで！　残ってるのは副隊長の四人とシオンだな」

「やった……！」

シオンさんが肩で息をしながらガッツポーズをする。

「じゃあご褒美はミヅキからだ！」

そう言われて私は五人の元に向かった。

「おめでとうございます。コレ、今私達が造ってるリバーシです」

「えっ、リバーシ！　今全然手に入らないやつですよね！」

周りの部隊兵達もリバーシを見たいのか、五人の元に詰め寄ってくる。みんなの思った以上の反応に、そんなに人気なんだと驚いてしまう。

五人にリバーシを渡していくと負けた兵士達が羨ましそうに見つめていた。

「いいなぁ」

「シオン、後でやらせてくれよ！」

「次もなんかご褒美があるのかな？」

他の部隊兵達がご褒美にソワソワしだした。

「ほら、次の訓練行くぞ！」

『はい！』

部隊兵の返事がいつもより大きいことにさすがのアラン隊長も呆れていた。その後は素振りをすることになったのだけど、各部隊いつもより気合いの入った素振りをしていたみたいだ。

「九百九十八〜、九百九十九〜、千！　終了〜」

アラン隊長の掛け声と共に皆が剣を置く。

「や、やばい……腕が」

「マジでやりすぎた」

部隊兵達がドカッと地面に座り込む。

「ほら、休んでる暇はないぞ！　次はドッジボールだ！」

『ドッジボール？』

部隊兵達は聞いたことのない訓練方法に顔を見合わせた。

「では、ドッジボールのルールの説明をします」

この競技を提案した私が皆の前に出て説明する。

「皆さんには、前もって十二人のチームに分かれてもらってますよね。ドッジボールは、チーム対抗ボール当てゲームです」

「ボール当て？」

「はい、正式なルールは私もよくわからないからオリジナルルールね。まずは、あちらのコートをご覧下さい」

　そう言って皆が素振りをしている間に引いたコートの線を見せる。

「長方形の真ん中に線が引いてあると思うんだけど、その線を境に二つのチームが長方形の中に入ります！　それで、線の中から出ないように気を付けながらボールを相手チームに当てます。当てられた人は外野といってこの長方形の枠の外に出ます」

　線の中を走りながら身振り手振りで説明する。

「コートの中の相手を全員当てたチームが勝利。細かいルールは隊長達が実践しながら説明していきます。隊長、副隊長、お願いします」

　前もってルールを詳しく教えておいた隊長達がコートに立った。

「まずは、ボール権かコート権を決めます。代表者がじゃんけんをして下さい」

　アラン隊長とセシルさんがじゃんけんをするとアラン隊長が勝った。

「じゃ、俺達がボールな」

「コートはこっちでいいです」

　二人はサッと決めた。

「そしたらチーム内で外野を決めます。外野は内野が少なくなったら復活することが出来るので、その際は大声で復活！　とみんながわかるように叫んで下さい」

　隊長達が内野と外野に分かれるとアラン隊長がボールを持つ。

「じゃ、軽くやって下さいね、アラン隊長お願いします！」

アラン隊長が軽く？　凄い球を投げてセシルさんに当てる。

「体のどこかにボールが当たればアウトです。当たった人は外野に行って下さい」

セシルさんが外野へと走った。

「ちなみに、一度地面に付いたボールに当たったり、顔に当たった場合はセーフとなります。後はボールをキャッチ出来ればもちろんセーフです！」

今度はアラン隊長がワンバウンドでボールを投げてベイカーさんに当てる。

「これはセーフです」

ベイカーさんがボールを投げてガッツ隊長の肩に当てる。

「これはアウト！　そして……」

外に出たガッツ隊長がお返しとばかりにベイカーさんに当てた。

「外野に出ても、敵チームの誰かを当てることが出来れば内野に復活出来ます」

ガッツ隊長が内野に戻る。その後も軽い投げ合いをしながらその都度説明を加えて、あっという間にアラン隊長が一人となった。

「復活！」

するとカイト隊長が声を出し内野に戻った。

「内野がゼロになったら負けなので、外野は見極めて内野に戻って下さいね。今は簡易で説明したので本番は外野が二人、内野が十人で始めて下さい」

私の説明に皆がポカーンとしてしまった。あれ？

「皆わかった？　それとも……」

説明が悪かったかと顔を曇らせる。

「あっいや、わかったんだけど……凄いな、これミヅキちゃんが考えたのか？」

「あっ……えっとどこかで聞いた遊びです」

私が答えに戸惑っているとアラン隊長が声をあげてくれた。

「はい、はい、はい。説明は終わりだ、お前らわかっただろ、準備しろー」

一度コートに分かれて軽く練習をすることになった。

「五コート作ってあるので各部隊に分かれて練習してみて下さい。隊長と副隊長は審判とルール説明をお願いします！」

私は全体が見渡せる高い台に上がって周りを見る。

部隊兵達が投げ合ってボールの感触を確認していた。

さすがに皆ボールの速度が違う、当たったら痛そうだ。

しかも初めてだろうに、皆上手にボールを受け止めている。元の身体能力が違うのかな。

「大丈夫そうかな」

練習の様子を見てアラン隊長に合図を送ると、アラン隊長が一度みんなを集めた。

「よし、じゃクジを引いて対戦相手を決めるぞ。代表者前に！」

私が作っておいたクジを各チームの代表が引いていく。

「紙に書いてある数字が同じ相手と戦います。《一》が書いてあるチームは一番のコートに行って下さい」

各自クジの数字のコートに分かれた。

「じゃ、これより第一回ドッジボール大会を始めます！」

私の声を合図に隊長達がボールを各チームに渡していった。

◆

「さすがにみんな動きがいいね」

試合を見ながら、隣にいるベイカーさんとデボットさんにのんびりと話しかける。

「あっ！　そこじゃねぇよ、くそー、俺も出来たらなー」

ベイカーさんは加わりたいのか、試合を見てうずうずしている。

「なかなか当たらないね。皆取るのが上手いなー」

「あんな速いボールをよく取れるよな」

デボットさんがあれに当たったらと想像してブルッと震える。

「あっ、第四部隊のBチームが勝ったみたい。第一部隊のAチームは負けちゃったね」

紙に作ったトーナメント表のAチームを太い線でなぞる。

「あっミヅキ、二番コートも終わったぞ。第三部隊のBチームの勝利だ！」

「はーい」

カキカキ！

「三番コートは第一部隊のBチームが勝ったぞ」

コジローさんが教えに来てくれた。

「四と五番コートも決まったな。第二部隊のAチームと第五部隊のBチームだ」

「凄いね、各部隊一チームは残ってるね！」

「ちょっと休憩したらまたクジを引こうね、ここから隊長チームが入るよ！」

『えー！』

勝利チームからブーイングが出る。

「勝てっこねぇよ！」

「無理だよ、あの人達、人間じゃねぇし！」

「そうだ！　野獣だ！」

「バケモンだ！」

ここぞとばかりに悪口が飛び交う。

「てめぇら、言いたい放題言いやがって覚えてろよ！」

アラン隊長が「文句を言ったやつ前にでろ！」と大人げなく騒いでいる。

「大丈夫ですよ、隊長達は五人で一チームにするから。しかも、皆のチームには各部隊の副隊長に加えて、ベイカーさんとコジローさんが入ります！」

「えっ？　あと三チームは？」

計算が合わないと不安そうにしていた。

「助っ人が来てくれています！　レオンハルト王子とユリウスさんにシリウスさんです！」

『えっえぇー！』

私の紹介のあと王子達が皆の前に現れた。

「皆練習ご苦労！　今回は途中からだが、俺達も参加させて欲しい！」

王子がチラチラと私の方を見ながら皆に声をかける。

「なんで王子がいるんだ？」

ベイカーさんがコソッと話しかけてきた。

「ユリウスさんとシリウスさんを誘ったらついてきた……」

諦めて真顔で答える。本当ならユリウスさんとシリウスさんだけでよかったのだが、レオンハルト王子は二人を貸すなら自分も行くと言って聞かなかったのだ。

レオンハルト王子は挨拶もそこそこに私の側にやってきた。

「ミヅキ、久しぶりだな！　あの弁当はすごく美味しかった。ありがとう」

キラキラの笑顔でお礼を言ってくるが、一瞬なんのことかわからなかった。

「お弁当？　あっ、お弁当ね！　確かユリウスさんとシリウスさんにもあげたやつだね」

私が白々しく答える。

あれはシリウスさん達に作ったものだ。

そんな私の思いに気がつかず、レオンハルト王子は瞳をキラキラさせて熱弁してくる。

「あの玉子焼きはすっごく美味しかった！」

「あー、あれね。コハクをイメージした狐の玉子焼きですね！」

「えっ狐？」

「そう、狐のコハク！　こう、耳があったでしょ？」

私はコハクを呼ぶと抱き上げて王子によく見せる。

「見て下さい、可愛いでしょ。この大きな耳をイメージしたんだよ！」

「狐……あれはハートでなくて狐……」

王子がブツブツと呟いている。ユリウスさん達をチラッと見ると苦笑していた。

「シリウスさん、ユリウスさん、今日は来てくれてありがとうございます。ドッジボールのルールはわかる？」

「ああ、予め聞いておいたから大丈夫だ」

シリウスさんの答えに同意するようにユリウスさんも頷く。

「レオンハルト王子は平気？」

「あ、ああ、大丈夫だ……」

全然大丈夫じゃなさそうにしょんぼりと答える。

まだハート形の玉子焼きのショックから立ち直っていないようだった。

「じゃ、皆揃ったところで、どのチームに入るか決めるクジを引きまーす！　ベイカーさん達はこっちのクジを引いてね」

「よし！」

ベイカーさんが箱に手を突っ込んで紙を一枚取り出し、中身を確認する。

「第五部隊のBチームだ！」

『よっしゃー！』

第五部隊が立ち上がって喜んでいる。

次にコジローさんがクジを引くと「第三部隊のBチームです」と紙を見せた。

『よっし！』

第三部隊も小さく喜んでいるが、その様子を見て他の部隊がハラハラしだした。

次にシリウスさんが第一部隊のBチームを引く。

「残りは第二部隊のAチームと第四部隊のBチームだね」

ユリウスさんが箱に手を入れると両チームがゴクッと息を飲んだ。ユリウスさんが紙を開く姿に注目が集まる。

「第二部隊ですね」

『やったー！』

第二部隊は優勝したかのように雄叫びをあげる。

対して第四部隊はお通夜のようにガックリと肩を落としていた。

「俺は第四部隊だな！」

そんな部隊兵達の様子に気がつかず王子が喜んでいると、オリバーさんが私の所にやってきた。

「ちょっとミヅキちゃん、これはないよ。せめてレオンハルト様じゃなくて、アルフノーヴァさんを連れてきてよ！」

オリバーさんが真剣に頼み込むと、後ろで同じ部隊の皆がお願いしますと手を合わせている。

「今更あのやる気満々の王子に抜けてって言える？」

レオンハルト王子を指さして見ると、周りが仕方なくはやし立てて王子が一人喜んでいた。

「いや、そりゃレオンハルト様も子供にしたら結構凄いよ。センスもあるし……」

オリバーさんが慌てて取り繕う。

「だ、け、ど！　あの人達の代わりにはならないでしょ！」

そう言ってベイカーさんやシリウスさん達を指さした。まぁ、それはそうだけど……

「じゃあ、シルバはさすがに強すぎるから……代わりにデボットさん出る？」

デボットさんはいきなり言われて慌てて首を横に振った。

「馬鹿言え！　俺は無理だ！」

絶対嫌だと拒否をする。

「なら、コハクを付けるのはどうかな？」

「この従魔か？」

足元にいた、可愛いコハクを抱き上げた。

「うん！　すばしっこいし、可愛いし、モフモフだよ！」

「後半は試合に関係ないよな……でもまぁ、いないよりいいいな、頼む」

オリバーさんはよろしくっとチームに戻って行った。

「第四部隊はオマケにコハクも付けるよ！　当てるの大変だから頑張ってね！」

コハクが入ったことを皆に伝えると第四部隊の顔が少し明るくなった。

「いらないんじゃないか？」

しかし、当のレオンハルト王子が余計なことを言うと第四部隊の皆の笑顔が凍りついた。

怖い怖い！　このままだと第四部隊の皆が可哀想なので王子をキッと睨みつける。

「レオンハルト王子！　私のコハクがいらないって酷くない！」

「い、いや別にそういう意味じゃ……そうだな従魔がいれば助かるな」

周りがホッとすると気が変わらないうちに各チーム作戦タイムに入った。

さぁー、どのチームが勝つかな⁉　ふふ楽しみだ！

◆

「三試合目、第四部隊Bチーム対第五部隊Bチーム！」

第一試合、第二試合が終わり、やっと順番が回ってきた王子とベイカーさんが出てきてじゃんけんをする。

「王子、じゃんけんは知ってますか？」

「もちろんだ！　兵士達の間で流行っているからな」

「それを教えたのミヅキですよ」

「なに、本当か？　さすがミヅキだなぁ」

「ちなみに、そのミヅキの保護者は俺ですよ。つまり、ミヅキと仲良くなりたいのならこの俺の承諾を得てもらおうかな！」

「なんだと⁉」

何勝手なこと言ってんだか……私は大人げない二人の会話に呆れている。

「まずは、ミヅキと仲良くなりたいなら強くなくちゃいかん！」

「強く？」

「何かあった時にミヅキを守れるようにな！」

自信満々にベイカーさんが説明している。そんな姿にデボットさんが「初めて聞いたな」と私を見下ろした。

「ミヅキより強い奴なんているのか？」

デボットさんが心当たりがないと首を傾げる。

「はぁ！　そこ⁉　ほとんどの人が私より強いに決まってるよね、デボットさんにだって腕相撲で負ける自信あるよ」

「なんの自信だよ！　なら王子も大丈夫になっちまうぞ」

それは不味い……

「そ、そうだね。まぁ、私はあんまり強くはないけどベイカーさんくらい強いと心強いなぁ」

「ベイカーさんくらいだと？　そんなやつ限られるくらいしかいないだろう」

部隊兵達は私達の会話に苦笑していた。

「だからこの勝負で俺に勝ってみろ！　そしたらミヅキの側に（たまに）来ることを許可してやろう！」

「ベイカーさん、何を勝手なことを」

さすがにコジローさんが止めようとする。

「いや待て、ベイカーさんだろ？　さすがに王子でも勝てないだろ」

デボットさんは賛成なようで「ミヅキはどうだ？」とこちらを振り返る。

私はこめかみをピクピクさせながら笑顔を見せた。

その姿にコジローさんとデボットさんがビクッとして後ずさる。

「や、やはり勝手に決めるのはよくないですよね」

「ああ、後が怖いな……」

二人はこの件には関わらないとでもいうかのように私の後ろに下がっていた。

「じゃ、始めるぞー！　ボールは第四部隊からだ、外野を決めて外に出ろ～」

そんな私の気持ちなどお構いなしに試合は進んでいく。アラン隊長が声をかけると、両チームの副隊長と部隊兵一人ずつ外に出た。

「もう！　ベイカーさんは勝手なことばっかり言って、後で覚えてなよ！　負けたら許さないからね」

私が叫ぶと同時に試合がスタートした。

ベイカーさんが早速王子を目掛けてボールを投げる。隊長達に負けない速度の剛球が王子の目の前に迫っていた。

誰もが王子は終わった……と感じた。

しかし、黄色い毛玉がボールを包んだと思ったら、勢いを活かして投げ返した。

「ぐはっ！」

球はベイカーさんの隣の部隊兵を目掛けて返ってきた。

「コハク？」

私がびっくりしていると、黄色い毛玉……そう、コハクがタシッ！　と地面に着地した。

【上手いな、ベイカーの球の威力を活かした攻撃だ】

【コハク、今のどうやったの？】

私には一瞬のことでわからなかった。

【尻尾を使って、器用に玉の軌道をずらして投げ返したようだ】

それってカウンター攻撃？

さすがのベイカーさんも思わぬ伏兵にびっくりしている。

「おお、凄いなお前！」

王子がコハクを褒めようと手を伸ばしたが、ペシッと尻尾で手をはたかれた。

「ミヅキちゃんから従魔を入れると言われた時はどうかと思ったが、この子は使える！」

オリバーさんはコハクの器用さにニヤッと笑った。

「コハク凄ーい！　カッコイイよー」

私は思わずコハクに黄色い声援をおくった！

「ミヅキいいのか、王子達が勝ったら不味いだろ」

王子が側に来ることになるぞとデボットさんに言われてハッとする。

「で、でも、コハクの応援もしたいし……。もう、ベイカーさんのせいで思いっきり応援出来ないよ！　もういい、ベイカーさんが負けたら、女装させてベイコとして王子とデートさせてやる！」

だから、思いっきり応援したい人を応援するんだ！

「コハク～、頑張って～」

私の声にコハクがピョンピョンと嬉しそうに跳ねている。

「羨ましい……俺もかっこいいところを見せるぞ！　ボールを寄こせ！」

渋々オリバーさんがレオンハルト王子にボールを渡した。

レオンハルト王子はボールを手にすると、ベイカーさん目掛けて思いっきり投げる。隊長達の剛球とはいかないが、まずまずの威力のボールだ。

しかし、ベイカーさんは「パシッ！」と軽く片手でキャッチする。

そしてコハクの場所をチラッと確認した。

「セシル！」

ベイカーさんがパスとは思えない速さのボールを投げ、セシルさんが危なげもなくキャッチして目の前にいた相手をアウトにする。

「そうだセシルもいたんだ！　おい、ベイカーさんとセシルに注意しろ」

オリバーさんが内野（ないや）の面子に声をかけるが既に遅く、次々にアウトにされていく。

「復活します！　ちょっと時間貰えますか？」

オリバーさんが慌てて宣言して内野（ないや）へと戻り、やられっぱなしの流れを止めた。

第四部隊は王子、コハク、オリバーさんともう一人が残るのみとなっていた。

「コハクくん、僕の言葉がわかるかな？」

オリバーさんが話しかけるとコハクがピョンピョンと跳ねる。

可愛らしい様子に皆が笑顔になった。

「ベイカーさんが外野（がいや）にパスを出す時は攻撃よりも多少ボールの威力が落ちる。それを狙ってボールを奪えるかな？」

コハクはじぃーとベイカーさんを見ると、くるんと跳ねてやる気を見せる。オリバーさんはそれを了承と捉えたみたいだ。

「よし、せめてベイカーさんくらい当ててやろう。頑張るぞ！」

「「おー！」」

「そろそろいいかー？　再開するぞー」

「お願いします」

オリバーさんは囮となるべくセシルさんが当てやすそうな位置に行く。ベイカーさんがチラッとオリバーさんのいる位置を確認した。

ビュン！

オリバーさんの思惑通り、ベイカーさんはセシルさんにパスを出した。

今だ！

コハクが待ってましたとばかりにベイカーさんが投げたボールを尻尾で巻き付けてキャッチした。

「げっ！」

「いいぞ！　コハクくん」

コハクはオリバーさんにボールを持って行くと目の前に置いた。

「コハクくん、今度は僕が思いっきり君にボールを投げる。それをさっきみたいに威力を流してベイカーさんに打ち込めるかい？」

任せろ！　とばかりにコハクが「キャン！」と鳴いた。

「よし、反撃だ！」

オリバーさんは線のギリギリまで下がると前に向かって助走をつけてボールを投げる。そのボールにコハクがさらに勢いを付けるとベイカーさん目掛けて飛んでいった。

「くっそ！」

急に速度が上がったボールをベイカーさんは抱き込むように腕で掴むが回転が止まらない。腕の中で暴れ回るボールを必死に押さえ込んでいる。

「ふぅー危ねぇ！　まぁまぁいい作戦だったな」

「くっそ、あれでもダメなのか」

オリバーさんが悔しそうにしていると「隙あり！」とベイカーさんが王子に目掛けてボールを投げた。唖然としていた王子は避ける暇もなくボールに当たり、しかも弾かれたボールにもう一人の部隊兵も当たってしまった。

「ミヅキ、いまのは？」

アラン隊長がルールを確認してきた。

「今のは両方アウトです。当たっても落ちる前にキャッチ出来ればセーフなんだけど……」

「よっし！　あと二人だな」

ベイカーさんがニヤッと笑う。オリバーさんは粘ってボールを避けていたが最終的に当てられ、残りはコハク一匹となってしまったので第五部隊の勝利となった。

「王子、もう少し強くなって出直して来て下さいね！」

ベイカーさんが高笑いすると、レオンハルト王子は悔しそうに地面を叩いていた。

「どうだ、ちゃんと勝ったぞ！」

ベイカーさんが嬉しそうに私の元にかけてきた。

「ベイカーさん、なんで勝手なこと言うの？　もし負けてたら、ベイカーさんに責任取ってもらう所だったよ！」

「負けるわけねぇじゃん、しかもミヅキのことがかかってるんだぜ、何がなんでも勝ってみせるよ」

くっ！　ベイカーさんの言葉に思わず胸がキュンとなる。

「まぁ、さっきのコハクのボールを取ってる姿がかっこよかったから、今回は許してあげる」

赤くなる顔を隠すようにぷいっと横を向いた。

「ああ、ありがとうな」

ベイカーさんがあやすように頭に手を乗せてポンポンと叩く。なんか悔しい！　恥ずかしくなりながらもベイカーさんの大きな手を振り払おうとは思えなかった。

◆

「勝ち残ったのは、第一部隊と第五部隊と隊長チームだな」

これまでの試合結果を確認する。

「では続いて、第一部隊Bチーム対第五部隊Bチームだ。とりあえず部隊一位を決めよう」

アラン隊長の言葉に部隊兵達が頷く。

「連戦になるがいいか？」

「もちろん。さっきの試合もほとんどベイカーさんが動いてたからな～」

「そうですよ、こっちにもボール回して下さいよ！」

ベイカーさんが全然活躍出来なかった第五部隊の兵士達から文句を言われる。

「なら自分でボールを取れよ！」

「いやぁ～、ユリウスのボールは任せますね」

よろしくと調子よく肩を叩かれる。

「お前ら～！　セシル、俺今回は外野に行くぞ」

「えっ？　あっはい、わかりました」

『えぇぇ～！』

「俺は外から攻撃するから、お前ら踏ん張って球取れよ」

そう言ってベイカーさんはサッサと外野に行ってしまった。

「どうする、あと一人の外野は？」

皆で顔を見合わせると我先にとセシルさん以外の全員が手をあげた。

『はい！』

その様子を見ていたアラン隊長が青筋を立てて皆を睨みつける。

『げっ』

「セシル、お前が外野だ！　第五部隊必ず一人一回はボールを取れよ。取れなかったら……わかってるな！」

『わ、わかりました！』

アラン隊長の怒り心頭の顔に皆が返事をする。

「やべぇよ、アラン隊長本気で怒ってるぞ」

「ここはキッチリやってる所を見せないとな」

「じゃないとあのことを……」

『バラされる！』

どうやら皆アラン隊長に弱みを握られているようだ。

「よし！　死にものぐるいでボールを取るぞ」

『おー！』

第五部隊は、異様なまでのやる気のおかげか、見事試合に勝利した。

「アラン隊長、いったい皆のどんな秘密を見たの？」

気になってアラン隊長に聞いてみた。

「アイツらの部屋をたまに抜き打ちで突撃訪問すんだよ。完全に油断してる時を見計らってな、そしたらこの間ロブなんて、下着姿で……」

「わぁー！　アラン隊長、ミヅキちゃんになんてこと言うんですか！　ちゃんと俺ボール取りましたよ」

秘密をバラされそうになったロブさんが大声でアラン隊長に突進するが、ひらっと避けられる。

「次の試合、俺達に負けたらミヅキに全部バラすからな。ベイカー！　お前もだぞ」

「えー！　俺は練習に参加したからいいだろ」

完全に他人事だと笑っていたベイカーさんが焦りだした。

ベイカーさんの秘密……気になるなぁ。

ツンツンツン。

アラン隊長の服をそっと引っ張ると、「アラン隊長、ベイカーさんの秘密ってなーに？」と下から覗き込むようにあざとく聞いてみる。

「よしよし、特別に教えてやるぞ。あのなぁ、昔俺達が……」

アラン隊長が話しだすとベイカーさんが慌てて止めに来た。

「おい！　鼻の下伸ばしてバラしてんじゃねーよ！」

ベイカーさんがアラン隊長目掛けて突っ込んだ。

「勝てばいいんだろ、勝てば！　お前ら絶対に勝つぞ！」

『おー！』

第五部隊の己自身の尊厳を守る戦いが始まった。

「じゃこれから隊長チーム対第五部隊Bチームの試合を始めます」

アラン隊長とベイカーさんが気合いの入ったじゃんけんをする。

「よし！」

「ベイカーさんいいぞー！」

ベイカーさんが勝って第五部隊がボールを取った。第五部隊の外野にはセシルさんとトニーさんが、隊長チームの外野にはガッツ隊長とミシェル隊長がでた。

「それではドッジボール最後の試合を開始します」

ノーマンさんの合図と同時に、ベイカーさんが思いっきり助走をしてタナカ隊長目掛けてボールを投げた。

ベイカーさんの大きな手はボールをしっかりと掴んでいて、指の一本一本にまで力を込めて放たれたボールの回転数は凄まじく、ギュルギュルと音を立ててタナカ隊長へと向かっていった。

タナカ隊長が構えてボールを掴むが回転がかかっていることで腕や手が高速で擦れる。

「あっちぃ！」

「タナカ隊長アウト！」

摩擦の力で火傷したような状態になったのか、タナカ隊長はボールを落としてしまった。

「しまった」

「止まって〜！　タナカ隊長の怪我の手当てします！」

私がドクターストップをかける。

「こんなの舐めときゃ治る。手当てなんざいらねえよ！」

タナカ隊長が強がるが構わずに手を引っ張った。

「だめ、早くタナカ隊長こっちきて！」

言うことを聞いてくれないタナカ隊長に怒った声を出す。

「サッサと行ってこい！」

アラン隊長にどやされると、タナカ隊長は渋々後をついてきた。

「手を見せて下さい」

タナカ隊長が手と腕を見せる。酷いところは皮がめくれていて手のひらと腕が赤く爛れていた。

うー、痛そう。自分のことのように痛そうな顔をしてしまう。

「お前が怪我したわけじゃないだろ」

「でも、痛そうで」

傷を優しく拭きながらこっそり回復魔法をかける。

「なんだ？　お前回復魔法が使えるのか？」

やばい……バレた！

さすがに隊長なだけあって、タナカ隊長には誤魔化しが利かなかったようだ。どうしようかと悩んで何も言えずに固まってしまった。

「そんな顔するな、別に誰かに言ったりしねぇよ」

急に優しい言葉をかけられたので驚いて顔をあげた。

「隠しておきたいんだろ？　なら、俺の手当てなんかしなきゃいいのに」

馬鹿だなぁと呆れている。

「でも、傷ついたままでいられるのは嫌だ」

「それで自分の秘密バラしてちゃ本末転倒だろうが」

「それでも……やっぱりやだ！」

「やだって……」

タナカ隊長が困った顔をしている。わがままなことを言っているのかもしれないが、知ってる人が傷ついているのに見て見ぬふりは出来なかったのだ。

「なら、サッサと手当てしてくれよ」

タナカ隊長がグイッと手を差し出す。

「治してくれたら秘密にしておく。交換条件でどうだ？」

タナカ隊長は視線を逸らして仕方なさそうに提案してくれた。

「うん！　ありがとうタナカ隊長」

「治す方が礼を言ってどうすんだよ」

馬鹿だなぁと、タナカ隊長が会ってから初めて笑顔を見せてくれた。

「あっ！」

見かけによらない可愛らしい笑顔に思わず声が漏れた。

「なんだ？」

せっかくの笑顔が消えて怪訝(けげん)な顔をしている。

「タナカ隊長の笑った顔、やっと見れた！」

赤くなりバッと顔を隠すがしっかりと見てしまった。

「タナカ隊長、笑った方が可愛いよ」

「俺は隊長なんだぞ！　そんなニコニコなんてしてられるか！」

「えー？　どの隊長だっていつもニコニコしてるじゃん。笑ってた方が余裕がある感じでいいと思うけどなぁ」

「余裕？」

「うん、タナカ隊長はピリピリしすぎて駄目だね。余裕がないよー」

なんとなく感じていたことを言ってみた。

「もっとリラックスすればいいんだよ。全部自分でやろうとなんて思わないでオリバーさんや同じ第四部隊の皆の力を借りればいいと思うよ」

「ミヅキちゃん、いいこと言うね」

オリバーさんがいつの間にか後ろにいてこちらを覗き込んでいた。

「でもな、それじゃあ隊の奴らに認めてもらえねぇ」

「そんなこと誰が言ったんすか？」

第四部隊の皆がタナカ隊長を心配して側に来ていた。

「タナカ隊長が真面目で融通が利かないことなんて皆わかってますよ」

「そうそう、誰よりも努力家だってこともな」

「若くして隊長になったんですから、皆の希望の星っすよ！」

「だから焦んないで俺らにも頼って下さいよ！」

「お前ら……」

やっぱりヤンキーは友情に厚いね！

「タナカ隊長の手当て終わり、さぁ続きの試合も頑張って！」

「あ、ありがとな」

タナカ隊長は手当てされた手を見ながら外野へと走って行く。

「大丈夫～？」

ミシェル隊長が戻ってきたタナカ隊長に声をかけた。

「大丈夫です。中断させてしまってすみません」

「ぎゃあ！　気持ち悪い、タナカ隊長が素直だわ！」

ミシェル隊長は鳥肌が立ったのか腕をさすっていた。

「なんだよ、せっかく普通にしたのに……」

タナカ隊長が今までのようにそっぽを向いた。

「ごめん、ごめん。なんか前のタナカくんに戻ったわね。隊長になってから余裕がなくっていつも張り詰めた感じだったのに」

「やっぱりそんな風には見られてたのか」

「俺も今の方がいいと思うぞ！　お前はやれば出来るはずだ。だから俺達が隊長に推薦したんだからな」

ガッツ隊長も頷いて答える。

「この合同練習で皆ひと皮もふた皮も剥けたな」

「ミヅキちゃん効果かしら！」

ミシェル隊長は半分冗談で言っていたが、タナカ隊長は一人真面目な顔をしていた。

「試合開始しますよ」

ノーマンさんの号令にタナカ隊長が頷くと皆試合に集中した。

「では第五部隊Bチームのボールから」

そう言うとセシルさんがボールを受け取る。

「後はアラン隊長とカイト隊長と外野のお二人ですね」

セシルさんはアラン隊長に向かって思いっきりボールを投げたが、あっさりキャッチされてしまう。

「よっしゃ！　反撃だ！」

アラン隊長が部隊兵目掛けて、先程のベイカーさん同様凄まじい剛速球を投げる。

案の定、部隊兵はボールに当たり倒れる。そして弾かれたボールが外野へと転がっていく。

「しまった！」

ベイカーさんが慌ててボールを追いかけるが既に遅く、ガッツ隊長はボールを掴むとまた一人と当てていく。しまいには落ち着きを取り戻したタナカ隊長も内野へと戻ってしまった。

「あと七人」

バシーン！

「あと六人」

ドンッ！

「あと五人！」

為す術もなく隊長チームにどんどん当てられていく。

「ベイカーさん、皆頑張ってー！」

私も応援するが、力の差は歴然だった。

「タイムだ！　作戦タイムお願いします！」

　このままでは負けちゃうと思い私は思わずタイムを取ると、ベイカーさん達の元へ走って行き皆を集めた。

「やばい、やっぱりあの人達はバケモンだ」

「あんなボール取れねぇよ」

　部隊兵の皆は意気消沈していた。

「諦めちゃだめだよ。諦めたらそこで試合終了だって有名な監督が言ってたよ」

「監督？　親方のことか？」

「それは現場監督！」

　建築じゃないから！

「それは置いといて、まずはベイカーさんはボールを掴めるよね？」

　ベイカーさんが頷く。ならばと私は隊長達に聞こえないようにアドバイスをする。

「ボールをコントロールって出来る？　軌道を曲げたり……」

　そこまで言ってベイカーさんは私が何をしたいのかわかったようだ。

「なるほど、いける！」

　話を聞いたベイカーさんはニヤッと笑った。

「後はセシルさんは真面目すぎ、もっとフェイントとかしてみたら？」

「フェイント？」

「そう、投げるふりしてタイミングをずらしたり、アラン隊長に投げると見せかけてタナカ隊長を狙ったり……」

「わかりました」

セシルさんが私なんかのアドバイスに素直に頷いてくれる。

「それとこれは荒業だけど、当てられても地面に落ちる前に誰かがキャッチ出来ればセーフなんだよ、だから当てられる時に上にこぼすようにするの」

私はバレーボールのサーブカットの構えをする。

「ボールを上にあげて取る感じ、ベイカーさん軽く投げて」

ベイカーさんにボールを投げてもらいトスを上げるようにボールをカットする。

「この時に体を後ろに下げると威力を逃がせるって言ってた！」

「誰がだ？」

テレビの解説者なんて言えないから笑って誤魔化(ごまか)す。

「まぁいいじゃん、凄い人だよ。それはいいから後は皆馬鹿正直に真正面に投げたら取られるに決まってるでしょ、狙うなら利き腕じゃない方の足元か肩！　そこは取りにくいから」

皆はなるほどと頷く。

「よし、頑張って！　優勝者にはご褒美だよ、あと皆の秘密もかかってるんでしょ？」

「そ、そうだった！」

「皆がどんな秘密を持ってても絶対嫌いにならないって誓うよ。だから最後まで頑張ってね」

私の声援とアドバイスに第五部隊が立ち上がる。

「よしやるぞ、お前ら！」

『おー！』

「隊長達に負けるなぁー！」

「第五部隊いいぞー！」

急に他の負けた部隊からも声援が降り注ぎ、周りを見るといつの間にか王宮で働く人達などの見学者までもがいた。

「なんか面白そうなことをしていると聞いたから見に来たぞー」

「うわぁ、国王までいるぞ」

ベイカーさんの視線の先を見ると、国王がアルフノーヴァさんと笑いながらこちらを見ている。王子は愚か国王まで遊びを見に来るなんて、ここの国大丈夫か？

「こんなに知り合いが見てるなか、無様な試合は出来ないな」

「覚悟を決めてやるか」

「では試合再開です！」

ボールはカイト隊長が持っている。第五部隊の皆は腰を落としてボールが投げ出されるのを待った。

「先程とは気合いが違いますね、ミヅキもどんな作戦を言ったんだか」

不敵に笑うとカイト隊長はベイカーさん目掛けて手加減なくボールを投げつけた。

「ベイカーさん！」

私はギュッと力が入り声を出した！

「分かってる！」

ベイカーさんはボールに合わせて後ろにジャンプするとカイト隊長のボールをキャッチした。

「よし！」

「反撃だ！」

ボールをギュッと握るとタナカ隊長を指さしボールを投げた。タナカ隊長は腰を落として踏ん張ってボールを受け止めようとしたが、目の前でボールが曲がる。

「えっ！」

ボールはタナカ隊長の目の前をカーブして、隣にいたカイト隊長に当たった。

「よっしゃー！」

「ベイカーさん凄い！」

口で説明しただけなのに、一発で見事カーブを付けたボールを投げてしまった。

ベイカーさん身体能力高すぎ！　ボールはそのまま転がり外野へと行くと、セシルさんが拾った。

「カイト隊長アウト！」

内野にはアラン隊長とタナカ隊長が残る。セシルさんはアラン隊長にまた狙いを付けて投げるが、顔も体もアラン隊長に向けたままタナカ隊長目がけて投げた。

「また、フェイントかよ！」

タナカ隊長が既のところで避けるが、バランスを崩したところですぐに狙われ当てられてしまう。

「凄い、隊長チーム相手に続けて二人アウトだ！」

「残りはアラン隊長だ！」

しかしここでミシェル隊長とガッツ隊長が復活を宣言すると内野へと戻った。

「ベイカーさん！」

外野からベイカーさんへとパスが回り、ボールを掴んだベイカーさんは隊長チームと距離を取った。走り込んでギリギリのところで投げると、ボールはアラン隊長を目指して飛んで行く。

「アイツのボールは曲がるぞ！」

アラン隊長の言葉通り、ベイカーさんが投げたボールはやはり軌道を変えてアラン隊長の足元へと落ちていく。しかし、アラン隊長に当たる前に地面へと落ちてしまった。

「地面にめり込んでますね」

「ベイカーさんはアラン隊長並みの力があるなぁ」

外野の二人がのんびりと観戦していた。

「あっぶねぇ〜！」

アラン隊長がボールを掴み出すと「じゃこっちの攻撃な」とベイカーさんと同じようにギリギリの距離を取って投げ込む。

「「やばい！　避けろ！」」

セシルさんとベイカーさんが同時に叫ぶが部隊兵に避ける余裕はなかった。思いっきり腕に当たってしまいのたうち回る。

「痛ってぇ～！」

救護班～！　私が駆け寄ると腕が紫色になり腫れている。これって、折れてるよね？

「アラン隊長やりすぎだよ！　これ折れてるよ！」

「はー？　あんくらいで折れるのか、鍛錬がなってないみたいだな。明日からもっとキツい訓練にしないとだな」

「もう、シンク～！」

【はーい！　回復だね】

【うん、お願いね。軽めでいいからね】

シンクが部隊兵の体に乗って回復魔法をかける。

「大丈夫ですか？　今シンクが回復魔法をかけたから痛みは引いたと思うんだけど」

脂汗を流している部隊兵を布で拭ってあげながら声をかける。

「ありがとう、だいぶ楽になったよ、凄い鳥だなぁ」

「ちょっと安静に休んでてね」

このまま続行は無理そうなので怪我をした部隊兵を下がらせる。

「審判！　選手交代をお願いします！」

「選手交代だと、誰とだ？」

「怪我しちゃった人の代わりにシルバ！」

「げっ！」

「それはないだろ！」

隊長達からブーイングがあがる。ならば……

「私出る！」

自ら名乗りをあげた！

「お、おい、ミヅキが参加したら危ないだろ！」

皆が私の参戦を慌てて止めようとしてきた。

「その代わり魔法を使ってもいい？」

「そうだな、それなら大丈夫か？」

アラン隊長が皆に確認をとる。

「駄目だ、子供になんてボールをぶつけられるかよ」

タナカ隊長が反対して許可してくれない。

「ならフェンリルの方がまだマシだよ、なぁ？」

他の隊長に確認すると皆、同意して頷く。

「えー？　シルバより私の方がマシだと思うけどなぁ～」

仲間外れにされてプーっと膨れると、シルバが近くに寄ってきた。

【ミヅキにボールを当てられたら俺達が暴れるぞ？】

【えっだって、これってゲームだよ？】

【それでも、ミヅキに傷でもついたら黙ってはいられない】

シンクとコハクを見るとふたりとも心配そうな顔をしている。

【わかったよ。折角魔法でアラン隊長にスペシャルボールをお見舞いしようと思ったのにな】

私は笑ってシルバの頭を撫でる。

「では交代は従魔のフェンリルのシルバでいいですか？」

「ケイパーフォックスでいいんじゃないか？　その子でも十分戦力になるだろ？」

「そうだな、さすがにシルバだとこっちが勝つよな」

ベイカーさんも頷く。

【コハクやる？】

私が聞くとやる気を見せるのでシルバには下がってもらった。

「じゃ選手交代、コハクで！」

コハクは元気よくベイカーさん達の所に向かって走っていった。

「コハクは外野だ、セシルお前中入れよ！」

コハクは外野へと向かい代わりにセシルさんが復活を使って内野へと戻る。

「とりあえずはボールを取るぞ、じゃなきゃ反撃出来ないからな！」

隊長チームからの攻撃、ボールはミシェル隊長が持っている。

「華奢に見えて凄いボール投げますからね、あの人は中身は男ですよ」

セシルさんが注意をコソッと促す。

「あら、セシル言うじゃない」

ミシェル隊長にはしっかりと聞こえていたようだ。ミシェル隊長がセシルに照準を合わせる。

「セシル、覚悟！」

細腕からは想像が出来ないような重いボールがセシルさんを襲う。

「うっ……！」

セシルさんはボールをなんとか受け止めたが、衝撃が腹部を襲い思わずポロッとボールが落ちた。

そしてガクッと膝をつく。

「す、すみませんベイカーさん。でもボールはこっち陣地なので……後はよろしく」

セシルさんはよろよろとお腹を押さえながら外野へと出ていった。

「セシル、お前の勇姿は無駄にはしないぞ！」

セシルさんが内野にいたのは一瞬だった。

ベイカーさんがボールを握るとコハクを呼ぶ。

「前の試合でやったみたいにお前にボールを投げるから尻尾で軌道を変えろ、狙いは……」とコソコソとコハクと話している。

「じゃ行くぞ！」

ベイカーさんはまた距離をめいっぱい取ってコハクに向かってボールを投げた。

コハクはそれを上手に流してミシェル隊長の方へと軌道を変える。ミシェル隊長が構えるとさらに軌道が変わった。

「この子も曲がるボールを投げられるの？」

ミシェル隊長が驚くと同時に、ボールは斜め後ろにいたガッツ隊長の足元へと当たった。

「よっしゃー、いいぞコハク！」

コハクも嬉しそうにぴょんぴょん跳ねる。

「あの狐、やっぱり凄いぞ！」

「あんなどこ行くかわからんボールが投げられるのか？　兵士に欲しいな……」

王様の方から気になる呟きが聞こえてくる。

周りからもコハクに声援が飛んでいた。

コハクが内野へと戻り、これで残りはアラン隊長とミシェル隊長となった。第五部隊はベイカーさんとコハク、部隊兵が三人ほど残っていた。

「セシルが使いもんになんねぇからな、この中で力が強いのは誰だ？」

ベイカーさんが三人を見て質問する。

「ビートじゃねぇか？」

ビートと呼ばれた部隊兵が顔を顰めた。

「力は自信ありますが、投げるのが苦手なんです」

「はっ？」

ベイカーさんが意味がわからんと聞き返す。

「狙った方に行かないんです。真っ直ぐに投げたつもりなのに斜めに飛んでいったり……」

申し訳なさそうに言うがベイカーさんは顔を輝かせた。

「それ最高じゃねえか！　自動でフェイントができるってことだろ」

「あっそうか！　なら俺が投げてみます！」

ビートさんはアラン隊長目掛けて力いっぱいボールを投げつける。しかしボールは、ガッツ隊長の方へと飛んでいった。

パシッ！

「なんだ……今の？」

ベイカーさんが信じられないとビートさんを凝視した。

「すんげぇ遅い……」

ガッツ隊長はそのままやり返すように、ビートさんにボールを当てていた。

「お前、コントロール以前の問題だろうが！」

ベイカーさんが外野に向かうビートさんを怒鳴りつける。

続けざまに他の二人も当てられて、第五部隊は復活を使ったトニーさんとベイカーさん、コハクの三人となった。

「ベイカー！　行くぞ、避けんなよ」

アラン隊長がベイカーさんを指差し名指しする。

「あぁ来い！　絶対に取ってやる！」

アラン隊長が助走を付けてベイカーさんに投げつける。ベイカーさんはタイミングを合わせて力を逃がそうと構えるがボールが曲がった。

「げっ！」

まさかアラン隊長もカーブを投げられるとは！

曲がったボールはベイカーさんを無視してトニーさんに思いっきり当たりアウトとなってしまった。

「汚ぇぞ、曲がるボールなんて！」

「最初に投げたのはそっちだろうが」

「あーん！　ざけんな！　宣言通りに男らしく勝負しろ！」

「てめぇ！　誰に口利いてやがる！　こっちに来いやぁ～！」

アラン隊長とベイカーさんの口喧嘩が始まってしまった。二人はヅカヅカと近づくと中央ラインでガっと頭を打ち付けて睨み合う。

「ちょっとアラン隊長、ベイカーさん落ち着いて下さい」

セシルさんが止めようと二人の間に入り込もうとする。

「うるせぇ！　黙ってろ！」」

二人とも完全に頭に血が上っており、セシルさんを突き飛ばした。

私はそんな誰も近づけない二人に向かってトコトコと歩いていく。

「ベイカーさん、アラン隊長。皆が迷惑してるよ駄目でしょ！」

「「あ～ん！」」

二人が私を見下ろしながら睨みつけてきた。

ビクッ！

私はいつも優しい二人に睨まれて思わず驚き、ポロッと涙を流してしまう。

私の涙を見てベイカーさんとアラン隊長が我に返った。

「ミ、ミヅキ、悪いすまなかった！　つい興奮して……」

「悪かった。泣かせるつもりはなくてな……」

二人がオロオロと慰めようと手を差し伸べてきた。

しかしそんな二人を拒絶するように、シルバが牙をむきだして立ち塞がった。

「ガルルルゥゥ！」

【ベイカー！　アラン！　ミヅキを泣かせたな】

明らかに怒り狂うシルバに二人が慌てる。

「いや、待てシルバ！　ミヅキを泣かせるつもりなんてこれっぽっちもなかったんだ！」

「そうだ、ミヅキだぞ！　そんなこと思うわけないだろ」

【問答無用！　泣かせたのは事実、反省しろ！】

シルバは近くにあったボールを咥えるとポンッと上にあげて、後ろ足で思いっきり蹴り飛ばした。

ボールはベイカーさんとアラン隊長を巻き込んで、二人を壁際まで吹き飛ばす。

【ミヅキ、大丈夫か？】

シルバは先程の顔を真逆に変えて寄り添い、心配そうに声をかけてきた。

【うん、びっくりしただけだよ】

涙を拭くと心配そうにするシルバに大丈夫と笑ってみせた。

【無理するな、ベイカーに睨まれたのが怖かったんだな。可哀想に……】

シルバがギュッと自分に引き寄せてくれた。

【うん、ベイカーさんにあんな顔を初めて向けられちゃった】

なんだろ、怖いっていうより悲しい？

私が自分の感情に疑問を持っていると、ベイカーさんが這いずりながら私の側までやってきた。

「ミ、ミヅキ……」

ベイカーさんが必死に手を伸ばしてくる。私がその手を掴むとグイッと抱きしめられた。

「悪かった……お前を泣かせるなんて、俺は本当に最低だ」

ベイカーさんが息も絶え絶えに言葉を伝える。

「もういいよ」

私がシルバにやられた傷に回復魔法をかけようとすると「大丈夫だ」と止められる。

「これは受けるべき罰だ、ちょっと休めばすぐに治る」

平気そうにニコッといつもの笑顔で笑う。

「わかったよ、でもドッジボールの試合ってどうなるの？」

わざと明るい声を出して聞いた。

「アラン隊長もベイカーさんもコレだし、立ってるのはガッツ隊長とコハクくんですね」

ボロボロの二人をセシルさんが困り顔で見る。

「コハクは特別参加だったから、隊長達の勝ちかな？」

「よっしゃあー」

アラン隊長が倒れ込みながら弱々しく喜んだ。

「しかし、どっちかって言うとミヅキとシルバの勝利じゃないか？」

デボットさんがぼそっと言うと皆が無言で頷いた。

その後アラン隊長に回復魔法をかけようと近づくと、やっぱりしなくていいと断られた。二人はあまりにも申し訳なさそうに何度も謝ってくる。

「じゃあ二人の秘密を教えて、そしたら許してあげる」

ニコッと笑いかけると、ベイカーさんは一瞬悩んだ顔をしたが手招きをしてくれた。近づくと膝に乗せられて耳元で誰にも聞こえないように話しだす。

「…………、……だ」

えっ？　思いがけない秘密にベイカーさんの顔を見ると苦笑いをする。

「嫌いになったか？」

ベイカーさんが伺うように聞いてくるので笑って首を横に振る。

「そんなことで嫌いになんてならないよ、でも意外だな、ベイカーさんがむか……」

ベイカーさんが私の口を塞いだ。

「おい、何言おうとしてんだよ！」

ごめんごめんと笑って謝る。

「じゃ次は俺だな、ミヅキ来い」

アラン隊長に呼ばれて同じように膝に座り秘密を聞いた。うーん、この二人、性格も似てるが秘密も似ている。

「誰にも言うなよ……」

アラン隊長が真剣な顔をする。

「俺達も教えたんだからミヅキの秘密も知りてぇな」

私の秘密って転生のこと？

日本の知識があること？

本当は大人だった記憶があること？

いつか、皆に言える日が来るのかな……私は少しさみしそうに笑って誤魔化した。

「それよりミヅキ、このことはセバスさんには言わないでくれよ」

「セバスさんに？」

「ミヅキを泣かせたなんて言ったら殺される」

ベイカーさんがブルっと震える。

「またまたー、ベイカーさんは大袈裟なんだから」

しかしベイカーさんの顔は真剣そのものだった。

二　結果

「ドッジボール大会の優勝は隊長チーム！」

「「よっしゃー！」」

「それで、ご褒美は？　なんだ」

アラン隊長がウキウキと聞いてくる。

「ご褒美はね……コレ！」

私はドッジボールで使っていたボールを渡した。

「これがご褒美？」

アラン隊長が目に見えてガックリと肩を落とした。

「アラン隊長、見てて」

ボールを受け取り風魔法でパカッと真っ二つに割る。

すると中に白く冷たい固まりが出来ていた。

「なんだこれ？　氷が入ってたのか？」

「ふふ〜、これはねぇ、アイスクリーム！」

スプーンを取り出すとアイスクリームをすくう。

「はいアラン隊長、あーん」

私がスプーンを差し出すとアラン隊長は反射的に開いた大きな口にアイスクリームを押し込む。

「んっ冷たい……いや、うまーい！　なんだこれ！」

アラン隊長があまりの美味しさに思わず叫んだ。

「他のボールも中にアイスクリームが入ってるから、優勝した隊長達は食べてみて下さい！」

アラン隊長がボールを抱えて食べる姿に、他の隊長達も興味が湧いているようだ。

「いただきます」

カイト隊長が軽くボールを割って一口食べる。

「甘くて冷たくて、口の中で溶けていきます」

「美味しいわぁ〜。何これ、いくらでも食べられるわぁ〜」

ミシェル隊長が美味しそうにほっぺを押さえた。

「ガッツ隊長もタナカ隊長もどうぞ！」

残りのボールを二人にも渡す。

「ぐわぁー！」

美味しい美味しいと食べているなか、アラン隊長が急に叫び出した。どうしたのかと皆が駆け寄ると、アラン隊長はうずくまり頭を押さえていた。

「あ、頭が！」

あぁ、キーンときたのね。

「一気に食べるからだよ。冷たいものを一気に食べると頭がキーンてなるんだよ」

「そうなのか？　でも……止められん、美味すぎる！」

「アラン隊長～、ちょっと分けて下さいよ」

セシルさん達第五部隊の皆がアラン隊長に詰め寄るとアイスクリームを凝視する。

「絶対やだ！　これは全部俺が食う！」

アラン隊長は渡すもんかとボールを抱え込んだ。

「あんた大人げないな、他の隊の隊長を見て下さいよ。皆分けてくれてますよ！」

「よそはよそ、うちはうちだ！」

「いいから寄越せ！」

「あんな顔されて我慢できるか！」

「皆で押さえて奪え！」

ギャーギャーと喚きながらアイスの奪い合いをしている。ベイカーさんはその様子を羨ましそうに眺めていた。つんつん、服の端を引っ張るとベイカーさんが振り返る。

私がニコッと笑ってベイカーさんを見つめると、同じような笑顔を返してくれた。

「はい、ベイカーさんもお疲れ様でした」

私は余ってたボールからアイスを少し持ってきてあげた。

「内緒だよ」

感激するベイカーさんに、シルバ達にもあげてくると言ってその場を離れる。

ベイカーさんは大事そうにアイスをすくうとパクッと一口で食べた。言葉を発しなくても、その顔は幸せそうにとろけている。ベイカーさんは一人アイスの美味さに悶えていた。

シルバ達にもお疲れ様とアイスをあげていると「何だか賑やかだな！」と国王とアルフノーヴァさんが練習場へと下りてきた。

「優勝賞品を振る舞っています。国王様も味見しますか？」

「是非頼もう」

「ミヅキさん、私もよろしいですか！」

珍しくアルフノーヴァさんが興奮している。

「よろしければ私にもいただけますか？」

後ろからの声に覗き込むと、そこには数人の料理人を引き連れた王宮料理長のジェフさんがいた。

「あっジェフさん」

久しぶりの再会にびっくりしながらも喜んでみんなにアイスクリームを振る舞った。

王宮料理長に食べてもらうのは少し緊張するな……ドキドキとジェフさんと料理人達がアイスクリームを食べる姿を見つめる。

「これは、牛乳を凍らせたものですか？」

「えっと、牛乳にさとうと卵を入れて空気を含ませながら凍らせたんです」

「なるほど、この口溶け（くちど）の良さは空気が入っているからか。しかし、空気を含ませながらどうやって凍らせたのですか？」

　私は割れたボールを見せた。

「氷に塩をかけると温度が下がるんです。それをアイスクリーム液を入れた容器の周りに詰めてボールにしました。それを使ってみんなが球技をしたんで、よく混ざったんです」

「なるほど」

　ジェフさんはボールをじっくりと何度も確認していた。

　いつの間にかアイスクリームを食べている王子がジェフさんに詰め寄っていた。

「おいジェフ、これは王宮でも作れないのか！」

「ミヅキさん、このレシピを教えてもらってもよろしいでしょうか？」

「勿論！　全然構いませんよ。ドラゴン亭でも期間限定で販売しますので、今日食べられなかった方は是非ドラゴン亭に！」

　私はちゃっかりとドラゴン亭の宣伝をしておいた。

「ミヅキ、アイスクリームは好評みたいだな」

　ちょうどドラゴン亭の話をしていたら、助っ人のポルクスさんとゴウが到着した。

「あっ、ポルクスさんにゴウ！」

　二人に駆け寄るとベイカーさんも気がついてついてきた。

「ポルクスはアイスクリームを知っているのか？」

「牛乳を使うレシピなんでミヅキが教えてくれました。それよりどうするんだ？　ここで飯作るのか？」

　ポルクスさんが練習場を見渡す。

「どうしよっか？　ここで作ってもいいかアラン隊長に聞いてみるね」

　まだアイスクリームで揉めてるアラン隊長の元に向かおうとすると、ジェフさんに声をかけられた。

「何かこの後にも作るのですか？」

「はい、練習の最後に皆さんにご飯を振る舞おうと思ってます」

「なら、是非王宮の厨房をお使い下さい。ついでに手伝わせていただきたいです」

「料理長！」

「それは不味くないですか？」

「伝統ある王宮の厨房に女性を……しかも子供を入れるなど前代未聞ですよ」

　後ろに控えている料理人達がジェフさんに怪訝な顔を向けている。

「何を言っている。このような素晴らしい料理を作る方の手腕を間近で見られる機会などなかなかありませんよ。あなた達もきっと学ぶべきことが多いはずです」

　ジェフさんの言葉に料理人達も黙ってしまった。

　なんか……気まずい。

　凍りついた空気に私はそっと声をかけた。

「あージェフさん？　私達はここで作るんで、大丈夫ですからお気になさらずに……」

ポルクスさん達を見ると仕方ないと頷き返す。

「王宮の厨房(ちゅうぼう)ってのは興味あるけど、緊張しちゃうよな」

「そうですか……それは残念です。そうだ！　なら私だけでもここで料理を手伝わせて下さい」

ジェフさんがどうしてもと粘ってくる。

「私達は構いませんけど、そんな凄い料理は作りませんよ？」

一応予防線を張っておく。これで文句を言われても大丈夫だろう。

「このアイスクリームでも十分凄いですよ」

ジェフさんはもう手伝う気満々の様子で料理人達を帰らせようとしている。

「なんか居残る気満々だね」

「凄い量を作るから手伝ってくれるのは嬉しいけどな」

そうこうしているうちにアラン隊長達も決着がついたようだ。膝をついているアラン隊長の元に向かうと声をかけた。

「アラン隊長、私ちょっと料理をするから練習から抜けるね。端の方で鍋とか出して料理してもいいかな？」

「何！　また違う料理か？」

アラン隊長は急に起き上がり元気になった。

「う、うん……そうだよ」

「いくらでも使っていいぞ！　なんならセシルも貸し出すぞ！」

「それはいいよ、皆はこの後剣で撃ち合いして試合でしょ？　頑張ってね、美味しいご飯いっぱい作るからね」

「任せとけ！　おい、いつまで食ってるんだ。練習を再開するぞー、各自剣を取ってこい！」

アラン隊長が急げと皆に指示を出し始めた。

【シルバもコハクも参加するんでしょ？】

【ああ、楽しみだ！】

【キャンキャン！】

【二人共頑張ってね！　シンクは悪いんだけど料理のお手伝い頼んでもいいかな？】

【もちろん！】

シンクが私の肩にとまった。

「さぁ頑張ってたっくさん作るぞー！」

「「おう！」」

ポルクスさんとゴウが頼もしく返事をしてくれた。

◆

「ミヅキさん、やっぱり厨房(ちゅうぼう)をお使い下さい」

グラウンドの端っこで野菜を洗ったり皮を剥いたりしているとジェフさんが声を張り上げた。

「えっ、いいんですか？」

「はい、アイツらの言うことは気にしないで下さい。責任者は私ですから」

ジェフさんがドンと胸を張る。

まぁ、使っていいんなら少しだけ借りようかな？

水道とかあると便利だしね。皆の視線もありグラウンドで料理はやりにくかったので、ジェフさんに連れられて王宮の厨房に向かうことになった。

「すっごーい！」

「広いなぁ！」

「人が……たくさん！」

王宮の厨房は凄く広く綺麗だった。

そして沢山の料理人達が忙しそうに動き回っている。

「国王にも了承を貰ったので存分に腕を振るって下さい！」

ジェフさんが手を叩くと「皆、集まってくれ！」と声をかけて料理人達を集めた。

「先程も会ったからわかると思うが、料理を取り仕切るミヅキさんとポルクスさんとゴウくんだ。子供だからといって失礼な態度を取らないように。この世界では子供だろうが美味いものを作った者が上だ！」

料理人達が不服そうに私達に視線を向ける。

「その子が料理長よりも上だとおっしゃるのですか？」

「それは自分達の目で見極めてみろ！」

いやいや！　料理の腕なら絶対負けるし！

私はブンブンと首を横に振って否定する。

「えっと……すみませんが今日だけ厨房をお借りします。よろしくお願いします」

申し訳なくペコッと頭を下げた。

「えっ？　そっちの方が作るんじゃないんですか？」

ポルクスさんではなく私が挨拶をしたことに驚いたようだ。

「あっ！　どこかで見たことがあると思ったら、あの子達今話題のドラゴン亭の人達ですよ！」

下っ端らしき男の子が声を出して私達を指さした。

「それは、興味がありますね。私は副料理長のエネクルです」

よろしくと一歩前に出て頭を下げる。

「同じく副料理長のルドルフだ、よろしく！　ドラゴン亭のコロッケには興味があるんだ！　良ければ教えてくれ」

なんか対照的な副料理長達だ。エネクルさんは堅物そうでルドルフさんは逆に柔軟そう。

よろしくお願いしますと私達も頭を下げる。

「何か使いたい材料があれば言ってくれ」

「ありがとうございます。一応材料は持ってきたので大丈夫かと。でも足りなそうなら、よろしくお願いします！」

まずは何をしましょうか？　とジェフさんがワクワクしながら指示を待っている。

「最初にお米を炊きたいんですよね……百人分炊けるかな？」

「兵士達の食事も賄っていますから大丈夫ですよ。この通り火にかける場所は沢山ありますし、巨大な鍋もあります」

さすが王宮！　設備はバッチリみたいだ。

私は麻袋に入れて持って来た米を次々に取り出す。

「ジェフさん、これがお米って言います。これを水でよく洗って炊きたいと思います。ポルクスさんもゴウもやり方を知っているので、分かれて教えてもらって下さい！」

ジェフさんがお米を手に取ってじいっと見つめている。

「これがどうなるのか楽しみです。この歳になってまた新たな料理が学べるなんて、なんて嬉しいことでしょうか」

ジェフさんが指示を出して人を分けると、料理人達が話を聞く為に近づいてくる。

私はひと鍋に米を十合入れて混ぜるが、手が鍋の下まで届かない。見かねたジェフさんが代わりに混ぜてくれる。

「すみません……えっと何度か洗って水が白く濁らなくなったら水を入れて炊きますね」

一合に対して水の量が二百ミリリットルぐらいだから……二リットルだな。綺麗になったお米に水を入れていく。いつもの炊き方を教えて、鍋に人を一人付けておくことになった。

「凄い、鍋が十個も並んでる！」

圧巻される光景に感動する。

「しかし、これだけで場所を取りますね」

「そうですね、やっぱり外で大鍋は作ろうかな」

火元はお米を炊く鍋で占領されてしまっていた。

「では、厨房の裏の庭を使って下さい」

案内されて外に出ると土魔法で竈を作る。

「後で戻しますので……すみませんね」

驚く料理人達にペコペコと謝っておく。

「じゃ、一番大きな鍋を貸して下さい」

「あれを持ってこい！」

ジェフさんが声をかけると男四人で大鍋を抱えて持って来た。デカい！

「うちではこれが一番大きいですが、どうでしょうか？」

「いいですね、これなら百人分作れそうです」

私は持って来た野菜を出すと一口大に切るように頼み、ついでに肉も大量に出した。

「これはもしかして……グリフォンの肉？」

ジェフの言葉に料理人達が集まってくる。

「すげぇ。グリフォンの肉をあんなに大量に用意できるなんて……」

「あのまま焼くだけで十分料理になるよな」

「なんだ、素材がいいなら美味く出来るよな」

グリフォンのお肉が珍しいのか料理人達がコソコソと話しだす。

「このお肉も一口大でお願いします。こっちはカツにするからもう少し大きめで、厚さが二センチくらいがいいかなぁ」

「カツってのはなんだ？」

ルドルフさんが聞いてくる。

「カツはコロッケのお肉版です。揚げ方は一緒だから、覚えれば違う食材で代用出来ますよ」

「それはいいことを聞いた！」

喜んでもらえてよかった。皆に手伝ってもらい他の材料も切ってしまう。

「ポルクスさん、野菜と肉を炒めたら水を入れて煮込んでおいて下さい」

「ゴウは玉ねぎを炒めるのよろしくね。飴色になったらポルクスさんの鍋に入れてね！」

「はい！」

【シンクはゴウを見てあげてくれる？】

【ミヅキは？】

【私はこれからルーを作るから、シンクには匂いがきついと思うよ】

【わかった！　じゃ何かあれば呼んでね。ゴウの火加減を見ておくよ】

シンクがゴウの頭に乗る。ゴウはびっくりしつつも玉ねぎを炒めるのに集中していた。

「じゃ私はルーを作ります。これが今回の料理の一番のポイントかな」

「「ルー？」」

私の側にはジェフさんとルドルフさん、エネクルさんが寄ってきた。

まずは市場で見つけたスパイスを大量に取り出す。

「レッドチリ、ターメリック、クミン、コリアンダー。基本はこの四つがあれば大丈夫です。お好みで違うスパイスを入れればまた違う味になりますよ」

「これは、魔物よけじゃないのか？」

エネクルさんが匂いのキツいスパイスを手に取り怪訝（けげん）な顔をする。

「スパイスは料理に使えますよ。後はシナモンとかカルダモン、ガラムマサラとかを入れてもいいと思います」

フライパンにバターを溶かすと玉ねぎを炒める。その様子にジェフさんが首を傾げた。

「あれ？　玉ねぎはゴウくんが炒めているのでは？」

「これはルーを作りやすくする為にやってます」

玉ねぎがしんなりしてきたら、にんにくとしょうがを入れてさらにスパイスを投入して炒めていく。量が多くて混ぜるのが大変だ！　途中で手が止まってしまい、ジェフさんに代わってもらったりしながら炒めていくとカレーの匂いがしてきた。

「いい匂いですね、食欲が刺激されます」

「ねー、これがご飯に合うんだ」

ポルクスさん達が煮込んでいる鍋にルーを何度か入れて味を調える。スパイスに小麦粉も入れてとろみを付け、最後に塩で調節する。やっぱりあのとろみがないとね。

大鍋を大きな木べらで回すとゴロゴロと沢山の具やお肉が見え隠れする。

「うー、カレーだ～、この香り！　あー早く食べたいなぁ～」

人参の赤色にトロっと溶ける芋、食感を残すために後から入れた玉ねぎ！

そして刺激的なこの香り！　早くあの白いご飯の上にかけたい。

「じゃ、もう少しおいて味を落ち着かせますね。試合が終わる頃にまた温めればいいかな？」

「えっ！　これで食べられるんじゃないんですか？」

「いや、俺達は作る側だぞ。元から食べれないだろ」

「この匂いをかいで我慢するのか……」

「「「「あっ……」」」」

グゥウ～！

匂いにつられたのか、これまで手伝ってくれた料理人達のお腹が鳴る。

「皆さんの分もありますから、まずはジェフさんお味見お願いします」

器に少しよそってジェフさんに差し出した。

「いただきます」

ジェフさんが匂いをかいで肉と一緒にカレーを食べる。何も言わずに目をつぶって味わっている

ジェフさんにルドルフさんがたまらずに声をかけた。

「料理長どうなんですか？　味は！」

ジェフさんは目を開くとニヤッと笑った。

「美味い。スパイスのおかげで辛いがそれがあとを引く。肉も柔らかく味が染みていて野菜の旨みと肉の旨みがこのスープに混ざり合っている……」

どこのテレビ番組のコメントだ？　ジェフさんはその後もスラスラと感想を述べていた。

「ミヅキちゃん、俺も味見していいかな？」

ルドルフさんが我慢できずに頼んできた。俺も俺もと他の人達も食べたいと言ってくる。

「一口だけですよ、本当はお米と食べてこそなんだけどなぁ」

「何！　コメと食べるとまた違うのか？」

ジェフさんが感想を止めて驚いた顔をする。

「は、はい。私はそう思ってます」

「是非ともコメと食べてみたいものだ」

いや、味見でそんなにはあげられないよ！　練習してる皆の分もあることだし。

本当に料理人は料理のこととなると厄介だ。

「今はお米を蒸らしてるから、食べる時は皆とね。その間にトッピングを作っちゃいましょう」

「トッピング？」

「カレーにのせる具材のことです」

「だってもう野菜も肉もあるじゃないか？」

「その他に熱々のカツとかトロトロの半熟卵とか、チーズに緑鮮やかなホウレンソウやナス、カボチャの素揚げ。カレーには何をのせても美味しいんですよ」

自分で言って想像しながら、うっとりと食材を説明する。

「ゴクッ！」

皆が喉を鳴らした。

「なんか知らんが美味そうだ」

「是非とも作り方を教えて下さい！　ミヅキさん！」

『よろしくお願いします！　ミヅキさん！』

あれ？　ミヅキちゃんがミヅキさんになっちゃった。

◆

クンクン……先程から何やら香ばしい、いい香りがグラウンドに漂っていた。

部隊兵達は撃ち合いをしながらもソワソワとして落ち着かない。

馨（かぐわ）しい香りが立ち込めて、腹を鳴らす。

グゥ〜、グッグゥ〜。

「何なんだ！　さっきから聴こえるグーグーという腹の音は！」

アランがたるんでいると部兵隊達を怒鳴りつける。

「いや、だってこの匂いなんなんすか？」

「知らん！　ミヅキがなんかを作っているようだ。確かに食欲を掻き立てる匂いだな」

アランも思わず剣を下ろして匂いに集中した。

「もう我慢出来ません！　ちょっと見に行ってきてもいいでしょうか？」

「馬鹿か、駄目に決まってるだろ！　しょうがねぇな、セシル、ちょっと様子を見てこい」

セシルは頷くと王宮の厨房へと向かった。厨房の扉の前には何やら人だかりが出来ていた。

「皆さん、何してるんですか？」

そこには、王宮で働くメイドや給仕の人達が集まっていた。

「あっ、セシルさんいや、なんかやたらいい匂いがするから気になってしまって」

顔見知りの給仕の男性が答えると、周りの人達も頷く。

「一体中では何を作っているのかしら？」

メイド達もソワソワしだしていた。

「私が中を見てきますので、皆さんはお仕事に戻った方がいいと思いますよ」

「そ、そうですよね。分かっているんですが、どうもお腹が空いてしまって」

セシルはなかなか離れようとしない人々をかき分けて厨房へと入った。

「失礼します。ミヅキさん、さっきからいい匂いがしますが……何を作って……」

セシルは言葉を止める。目の前ではミヅキが料理人達に襲われようとしていたのだ。

ミヅキは壁際に追い込まれ、ギラついた男達に詰め寄られていた。

「ちょっと！　何してるんですか！」

セシルが側に行こうと人をかき分けるがビクともしない。

「どけ！　邪魔だ！」

「ミヅキさんの言葉が聞こえないだろ！」

「サッサと退け！」

セシルは仮にも副隊長である。そこらの部隊兵達よりは力も強いし、料理人を相手に負けることなどない。しかしこの時ばかりは、セシルは皆の力に厨房の外へと放り出されてしまった。

「た、大変だ！」

セシルは慌ててアランを呼びに向かった。

◆

「お前ら～！　何をやってる！」

セシルさんが呼んできたアラン隊長が、厨房の扉を蹴り開けると共に怒鳴り込んだ。

「あ、アラン隊長」

私の周りに並んで立って料理の様子を静かに観察する料理人達が、突然入ってきたアラン隊長をジロっと睨みつけた。肩透かしを食らったアラン隊長は怯んでしまう。

「あ、あれ？　いや、セシルがミヅキが襲われていて大変だって……」

アラン隊長がセシルさんを見て確認する。

「確かに襲われてました！　現に俺だってほら、彼らに投げ出されたんですよ！」

投げ出された際に出来た痣を見せてくる。

「あー、さっきは料理方法を教えて欲しいって詰め寄られてたんです。静かにしないと教えないよって言ったらすぐ静かになったよ」

「「え？」」

「だいたいセシルさんに俺達が敵うわけないでしょ？」

「そうそう、副隊長様を投げ出すなんてできませんよ」

あははと穏やかに笑っていて、先程の勢いはどこにもなかった。

「何やってんだセシル！」

「くっそ～、あんたら覚えてろよ！」

アラン隊長に責められ、セシルさんは納得がいかない様子で悔しそうに料理人達を睨んでいた。

「ところで……何を作ってんだ？　さっきからいい匂いだなぁ…」

そんなセシルさんをほっておいてアラン隊長が私の方に来ようとすると、料理人達がアラン隊長を静止させる。

「すみません、ちょっと汚れてる方は厨房（ちゅうぼう）への出入りは御遠慮下さい」

「今、我々はミヅキさんから料理を習っております。ここで邪魔をされれば今後の料理に差し支えますので……」

「ここでミヅキさんの気がそがれでもしたら、アラン隊長、責任とっていただけますか？」

料理人達が真剣な顔で凄んでいた。

「お、おお……そうだね、今は我々は訓練の練習中だった。セシルくん、戻ろうか？」

「そ、そうですね。アラン隊長、戻りましょう！」

二人は異常な気合いの料理人達にビビり、そそくさと練習場へと戻って行った。

「全く、とんだ邪魔が入りましたね。ミヅキさん、すみませんでした。続きをお願いします」

「う、うん……ま、まずは揚げ物ね。でもね、アラン隊長がいても私は平気だよ？」

「いえ！　あの人はこんなにも美味しそうなものを見たら、一口もう一口と止まりませんから」

ジェフさんの言葉に周りの料理人達もうんうんと頷く。

「ですから、ミヅキさんは気にせずに料理に専念して下さい！」

「わかりました」

ここは大人しくしておこう。

「ジェフさん、この前王宮で出た料理に海老みたいな海産物がありましたけど、それってまだありますか？」

「えび？」

「シュリンプじゃないですか？」

「あっそう、それです！　あれは揚げ物の王様なんですよ～」

「シュリンプか、まだあったかな？」

ジェフさんがルドルフさんを見るとコクっと頷く。

「数匹残っていましたよ。しかしあれは高級で……」

ルドルフさんが申し訳なさそうに眉を下げた。

「そうなんだ、残念。なら違うので作りますね」

私が諦めて他に何かないかと探そうとすると「いえ、使いましょう。どんな味になるか確認しておかないと、今後国王に提供する際に失礼に値します」と、ルドルフさんが変な言い訳で納得している。そして取ってこいと指示を出し、料理人の一人が素早く持ってきてくれた。

「五匹残っていました。ミヅキさんどうぞ！」

「あ、ありがとうございます。でも、本当にいいんですか？」

お願いしますと手を差し出される。

「じゃ、有難く使わせていただきます。四匹はご褒美に使わせてもらって、一匹は皆で試食してみましょうね！」

シュリンプの殻を向いて下処理をして塩、こしょうすると小麦粉をまぶし、卵液にくぐらせてパン粉を付ける。

「この作業をすればどの食材でも揚げれば大丈夫です。野菜でもお肉でもお魚でも！」

なるほど……と皆が真剣にメモをとる。

「皆もやってみて下さい！」

各々が食材を用意して衣を付けていく。

「揚げるのは食べる直前がいいですよ」

とりあえずシュリンプといくつかの食材を揚げていき一口サイズに切っていく。

「じゃあ、好きなのを味見してみてください」

私の言葉に皆は顔を見合わせた。

「シュリンプは誰が食べるんだ？　五切れあるぞ」

「料理長と副料理長達とミヅキさんと残るはあと一人！」

ガッ！　と皆が手を伸ばす。そんな争いを他所に私達は揚げたてのシュリンプフライを食べた。

「う〜ん美味しい！　でもなんかひと味足りないな。やっぱりシュリンプフライにはタルタルソースかな」

「「「タルタルソース！」」」

やばい……私は皆の前でつい口を滑らした自分を責めた。

その後それは何かとまた詰め寄られ、仕方なくタルタルソースを作ることになった。

サッと作ったタルタルソースを差し出すと皆が味見と一口食べる。

うー、なくなっちゃうよ〜。

「これは、確かにフライによく合いますね。これにレモンでも搾ったら完璧な気がする」

「しかしこれでは量が足りなそうですね」

チラッとうかがうようにこちらを見てきた。

「わかりました……もっと作ります。ついでに温泉卵も作りたいし」

「おんせんたまご！」

次々と出る聞きなれない料理にジェフさんは興奮を抑えきれないのか目がギラついてる。

「ミヅキさんさえ良ければ、ずっとここで料理して下さって構いませんよ！」

「それはいいですね！」

「是非お願いしたいです！」

「ミヅキさんならすぐに副料理長ですね！」

料理人達が嬉しそうに話しだす。いやいや！　働かないよ！

「有難いお言葉ですが、私は王宮に仕える気はないので、気持ちだけ受け取っておきます」

丁重に謝ると、あからさまに残念そうにしている。

「王都による際はまた来ますから」

「「「是非お待ちしてます！」」」

料理人達からの熱いお誘いに私は苦笑いを浮かべた。

◆

どうにかご褒美の食事の準備を終えた私達は練習場へと戻ってきた。

大鍋を端に用意して、米とトッピング食材は収納魔法でしまっておく。

すると早速匂いに釣られて兵士達がフラフラと近づいてきた。

「ミヅキ〜、なんだそれ、すげぇいい香りだなぁ〜」

「これはね、カレーです。王宮の料理人さん達と協力して作りました。これから始まる試合に勝った人達のご褒美料理です！」

「これがご褒美」

ゴクリと皆が喉を鳴らす。

「し、か、も、優勝者には豪華なトッピングがあります！」

「とっぴんぐ？　とっぴんぐってなんだ！」

ベイカーさんが食い気味に聞いてくる。私は見本用に作ったトッピングを見せる。

「まずはエビフライ！　シュリンプの揚げ物です。揚げ物は他にもグリフォンカツとコカトリスカツ、そして温泉卵！　トロットロの半熟卵をカツにしました。あとはチーズでカレーとチーズの相性は抜群です」

どうだ！　と皆に自慢げに見せる。

「これが優勝賞品？」

皆がトッピングを見て固まる。あれ、あんまり優勝賞品っぽくなかったかな？

やっぱりリバーシの方がよかったか……

私がトッピングをそっとしまおうとすると、ガバッと手を押さえつけられた。

「あ、味見は！　味見は出来ないのか？」

ベイカーさんが必死な顔で近づいてきた。私が驚き口をパクパクしていると、後ろにいたポルクスさん達がベイカーさんを引き剥がしてくれた。

「ベイカーさん必死すぎ！　これはこれからの試合に勝った人達のだよ。食べたかったら勝てばいいんだよ」

「勝てば……」

「ちなみに、俺とゴウは味見したぞ。まぁ、控えめに言ってもすげぇ美味い！　なぁゴウ？」

「ゴキュン！」

ベイカーさんの喉が凄い音で鳴った。

「カレーは少し辛いですが、それが食欲を刺激してまた一口また一口と食べてしまう味でした」

ゴウは味見を思い出してウットリとする。

タラッ……ベイカーさんは慌てて垂れてきたヨダレを拭く。

「アランさん！　サッサと試合をしてくれよ。勝たなきゃ食えねぇよ！」

ベイカーさんが走り出すと他の部隊兵もそれに続く。

「お、おお、凄いやる気だな。それじゃあさっき撃ち合いをした者同士で試合だ。まいったと言った方が負けってルールでいいか？」

「でも、それだと隊長達が絶対に勝ちますよね！」

「だから階級別に分けてみた、隊長クラス、副隊長クラス、部隊兵達も剣技と魔法に分ける。自分の自信がある方に行け」

「それなら俺達にも可能性があるな！」

「絶対に勝ち残る！」

部隊兵達は優勝賞品目指して気合いを入れた。

「まだまだぁ～！」

ガンガンと剣の撃ち合う音が訓練所に響いた。いつもならすぐに勝敗が決まる試合も、皆が粘りを見せてなかなか勝負がつかないでいる。

「いつもこのくらい気合いを入れて訓練してくれたらいいんだけどな」

やたらやる気のある試合を見にアラン隊長がため息をつく。

「アラン隊長達は勝負しないの？」

「人数を絞ってから一試合ずつクジを引いてトーナメント式にするんだ。まずは剣技クラスと魔法クラスからだな」

「へー、魔法クラスなら私も出たいなぁ」

今日はほとんど何もしてない私はポロッと愚痴を漏らした。

「お、なら出てみろよ。ミヅキは魔法が得意みたいだしな」

【シルバどうかな、出てもいい？】

【まぁ……魔法なら大丈夫だろう】

シルバに確認をすると頷いてくれる。私は嬉しさに顔を輝かせベイカーさんの元に走った。

「ベイカーさん、シルバが出てもいいって！　魔法クラスの試合に出てみたい、いいでしょ！」

「うーん……いいけど」

私に向かって、近くにこいこいと手招きすると屈んで耳打ちする。

「相手を殺すなよ、お前の魔法は規定外だからな」

「そんなことできるわけないじゃん」

ベイカーさんが疑いの目を向けてくるので無視した。

そうこうしているうちに試合も進み、剣技クラスも魔法クラスもようやく人数が絞れたようだ。

勝った人達と負けた人達の温度差が激しい。

選ばれた八人は顔を引き締め自分の技の確認をして試合に備えている。その後ろには、膝をつき立ち上がることが出来ない兵士達が地面に顔をつけて沈んでいた。

一応、皆の分のカレーはあるんだけど、そんなにトッピングが欲しかったのかなぁ？

「剣技クラスからトーナメントを行う！　勝ち残ったものはクジを引いてくれ」

アラン隊長が声をかけると皆が気合いを入れて近づいてくる。

「あっ、シオンさんも勝ち残ったの？」

シオンさんに声をかけると嬉しそうに頷いた。

「こう見えても速さには自信があるんです！」

「お前はもう賞品を貰っただろ！　今度は俺が勝つ！」

相手の部隊兵の人がやる気をみなぎらせ、シオンさんを睨みつけた。

「ミゲルズ、勝つのは俺だ！　あのシュリンプは俺のモノだ！」

さらに違う人達も目を血走らせて牽制しあっている。

こ、怖い……さっきまでののほほんとした雰囲気とは違い張り詰めた空気に私は体が震えた。

ゴン！　ゴン！　ガン！

アラン隊長が騒いだ三人に拳骨（げんこつ）を落とす。明らかに最後の一人だけ音が違う。

「何やってる！　ミヅキが怯えてるだろ。戦うのは試合が始まってからだ。気合いは剣で示せ！」

返事が返ってこない。

「アラン隊長……最後の人、白目向いてるよ」

最後に叩かれた人が立ったまま気絶をしている。他の二人も声も出せないほど悶えていた。

「えっ？」

「ザックー大丈夫か！」

部隊兵達が気絶したザックさんの周りに集まってきた。

「あの人加減を知らないからな」

「可哀想に、試合前なのに」

皆はザックさんをそっとすみに寄せ寝かせた。

「まぁ、しょうがないこれも運だ」

可哀想なザックさんを除いて試合をする七人でクジを引きだした。

「ザック対ハート、ザックの棄権（きけん）によりハートの勝利！」

「ヤッター！」

ハートさんが不戦勝に本気で喜んでいる。それでいいのか？　王宮を守る部隊兵！

「続いて第二試合はシオン対コリン！」

「「はい！」」

呼ばれた二人が前に出ると剣を構える。

「どちらか、まいったと言わせるか気絶させた方の勝ちとする、はじめ！」

開始の合図と共に一瞬で間合いを詰めるシオンさん。

しかしそれを読んでいたかのようにコリンさんが後ろに飛んで剣で弾く。

「うわぁ～、凄い……」

迫力のある真剣な試合に目を真ん丸に見開いて二人を見つめる。

「どうした？　ミヅキ」

そんな私にベイカーさんが声をかけてきた。

「かっこいいね～！　あんなに早く剣を動かして、さっきまでここで怒られてたのが嘘みたい！」

かっこいい！　かっこいいなぁ～と何度も皆を褒めていた。

するとこれから試合をする皆がソワソワとしだした。そして隣に並んで一緒に試合を観戦する。

「いや、あれくらい誰でも出来るぞ！」

「えっ！　そうなの？　もしかして皆も？」

『ああ、勿論！』と皆が胸を張る。

「あんくらい大したことない！」

ベイカーさんまでも張り合おうとする。

「そこまで！　勝者コリン！」

少し余所見をしている間にシオンさんが負けてしまった。

「あ、危なかった……」

コリンさんがはぁはぁと息を吐きながら戻ってくる。シオンさんは地面に倒れ込んでいた。

「シオンのやつだいぶ腕をあげたな、次はどっちが勝ってもおかしくないぞ」

「ああ、アイツの戦い方を知ってるから勝てたようなもんだな」

なかなか立ち上がらないシオンさんが心配になりベイカーさんにこっそりと聞いてみた。

「シオンさん大丈夫かな？　回復魔法をした方がいい？」

「これからお前も試合をするんだから、魔力は取っておけ」

コクンと頷いて試合の終えた二人に麦茶を持っていくことにした。

「お疲れ様です。とってもかっこよかったです！」

コリンさんにお茶を渡す。

「えっ？　かっこよかった？」

受け取りながら感想に驚いている。

「はい！　剣がこう……ひゅん、ひゅん、て動いてコリンさんもシオンさんもバッ！　って動いてて！」

私は上手く伝えられずに手振り身振りで真似をして一生懸命に伝えた。

「ありがとう。そう言ってもらえると強くなってよかったって思えるよ！」

「街の皆だってきっと今の見たら驚くだろうなぁ、この王都を守ってくれている部隊兵さん達があんなに強くてかっこいいなんて」

はぁーと試合の余韻にため息をつくと、話を聞いていた部隊兵達が顔を見合わせる。

「な、なんか、あんなに褒められるとこそばゆい」

「ああ、あんな嬉しいこと初めて言われたよ」

「俺、部隊兵になれてよかったって思いました！」

「優勝賞品よりも嬉しいものを貰えたな！」

「そうですね」

アラン隊長の言葉に部隊兵達が頷く。

「じゃあ優勝賞品はいらねぇな？」

『それとこれとは話が別ですよ！』

部隊兵達はアラン隊長を睨みつけた。

試合はさらに進み、剣技クラス二組の勝負を終えて四人が勝ち残った。

「ハートとコリン、ミゲルズとウォルトだな」

「すみません、ちょっと急いでもらえませんか！　ベイカーさん達が腹が減りすぎてイライラしてきています！」

アラン隊長とベイカーさんの近くにいる部隊兵達がなかなか進まない試合にクレームをつける。

「じゃあ面倒だから四人でいっぺんに戦っちまえ」

「「「え！」」」

四人が驚いた顔をするがアラン隊長の無茶振りはよくあるのか渋々了承する。

「あいつらが試合してる間に副隊長達と俺達の試合だ。こっちは色々と壊れて危ないから気をつけろよ」

「え？　なんで」

「だってフェンリルも参加するんだろ？」

まるで壊れることが前提のように話している。

まぁそうか……あの人達別格だもんね。

「そうだ！　よかったらミヅキもこっちのクラスに参加するか？」

アラン隊長が嬉しい提案してきた。

「いいの！」

「ああ！　いいよな、みん……な？」

アラン隊長が確認を取ろうと皆を見ると凄い形相で睨んでいる。

「私はミヅキちゃんと戦うなんてゴメンだわ、やるならアラン隊長がやってね！」

ミシェル隊長が腕組をしてアラン隊長に文句を言う。

「私も無理です。ミヅキに手を出すなど出来ません」

カイト隊長までも険しい顔をしている。

「俺もゴメンだ。やるならフェンリルさんと戦いたい」

ガッツ隊長からも断られてしまった。

「タナカ！　タナカは戦えるよな？」

アラン隊長が助けを求めるようにタナカ隊長に視線を向ける。

「だから最初から言ってるでしょう。子供になんて手をあげられないって、いくら俺より〝強くても〟です！」

いや隊長達にはさすがに敵わないよ。

「ベイカーは？」

アラン隊長が最後にベイカーさんを見た。

「ミヅキはやる気満々だぜ、アランさんが相手をしてやってくれよ。こっちはこっちでクジを引くから」

ベイカーさんは関わりたくないとサッと背中を向けた。

「わ、わかった。じゃあこうしようぜ、時間も押してるし隊長クラスと副隊長クラスの合同試合にしよう」

「どういうこと？」

「隊長クラスと副隊長クラス一人ずつで二人組を作ってその組み合わせで勝負だ。これならミヅキとも組めるし一人で戦わせることもないぞ！」

「ミヅキと組める」の言葉に隊長達の顔色が変わる。

「面白そう！」

私の乗り気な様子にアラン隊長がホッとする。

「隊長クラスからはカイト、ガッツ、ミシェル、タナカ、俺、ベイカー、シルバ、ミヅキの八人。副隊長クラスからはエド、パック、ノーマン、オリバー、セシル、コジロー、ユリウス、シリウスだな！」

「何よ！　結局ミヅキちゃんとは組めないじゃない！」

「だってミヅキと隊長クラスのやつが組んだら確実に勝つだろ」

アラン隊長の言葉に渋々納得する。各々組み合わせを作るべく、各々クジを引く。

「カイトとシリウス」

おっ！　イケメンコンビ！

「ガッツとエド」

「ガッツ隊長よろしくお願いします」

エドさんが軽く挨拶をする。

「ミシェルとセシル」

「ゲッ……」

セシルさんが口を滑らせてしまった。

「セシル～、ちょっとおいで～」

ミシェル隊長がニコニコ笑いながらセシルさんを引っ張っていく。

「タナカとオリバー？　なんだここは隊長、副隊長コンビだな」

「またお前とかよ」

「こっちのセリフだ！」

いいコンビみたいだ。ふふっと笑みがこぼれる。

「俺とノーマン」

ノーマンさんの肩に皆がそっと頑張れよと手を置いた。

「なんだその態度は！　次はベイカーとユリウス」

アラン隊長が怒りながら次のクジを発表する。

「ユリウスは戦えるのか？」

ベイカーさんが話しかけた。

「最近は戦うことがなくなりましたが、頑張ります」

「ユリウスはシリウスと同等の力があるぞ」

アラン隊長が教えてくれる。

「それなら優勝も狙えそうだな」

ベイカーさんがニヤッと笑う。

「フェンリルとコジロー」

【おっ、コジローとか】

【よろしくお願いします！】

コミニュケーションも取れるしいい組み合わせのようだ。

「最後はミヅキとパックだな」

「パックさんよろしくお願いします！」

「こちらこそよろしく、ミヅキちゃん頑張ろうね」

「はい！」

「ミヅキはパックとか、チビっ子チームだな」

アラン隊長達に笑われた。

「私はいいけどパックさんに失礼でしょ！」

「いいんですよ、俺が小さいのは事実ですからね」

パックさんが笑って流す。副隊長の方が大人ってどういうこと？

でもいい人とチームが組めて良かった！

各自チームが決まったので今度は対戦相手のクジを引く。

「一試合目はミヅキチーム対カイトチーム。二試合目、ガッツチーム対シルバチーム。三試合目、ミシェルチーム対アランチーム。四試合目、ベイカーチーム対タナカチーム！」

「いきなりミヅキとか……」

カイト隊長が私の方を見た。

「カイト隊長、シリウスさん！　手加減なんてしたら口利かないからね」

「「えっ？」」

思わぬ言葉に二人が驚いている。

「手なんか抜いたらパックさんにだって失礼でしょ。防御は得意だから、それにもし怪我してもシンクがいるから大丈夫！」

【ミヅキ……】

シルバとシンクが怪我と聞いて心配そうにする。

【ごめんねシルバ、シンク。怪我しないようにするけどこれは練習だからね。大目に見て下さい！】

シルバとシンクに手を合わせてお願いをした。

【ミヅキが強くなる必要なんてないのに】

シルバが諦めて肩を落として離れていく、その後ろ姿に罪悪感を覚える。

ごめんね、シルバ。でもやっぱり守られているだけなんて嫌だ！

「では一試合目を始める。まいったと言うか戦闘不能になった方の負けとする」

「「「「はい！」」」」

四人が向き合うと頷きあった。

「すみません！　ちょっと時間を貰えますか？」

いざ試合が始まるかと思ったら、パックさんがアラン隊長に声をかけた。アラン隊長に時間を貰うと私に手招きして少し皆から離れた。

「ミヅキちゃん、カイト隊長とシリウスさんは二人共接近型だ。僕はこの通り双剣で接近型、ミヅキちゃんは遠距離型だよね？」

「はい、防御と魔法の攻撃は出来るけど、体力とか腕力とかは自信ないです」

「うん、僕もあの二人相手は正直キツい。ミヅキちゃんは得意魔法は？」

「ほとんどの魔法を使えます！」

「それは凄いな……さっきも見たけど、同時に二つの魔法を使うことも可能なんだよね？」

「大丈夫です！」

「ならまずは防壁を必ず張っておいてね。何かあったら僕が皆に殺されちゃうから」

笑顔で冗談を言うパックさんに思わず笑う。

「ふふ、はい！　きちんと張っておきます！」

苦笑いをして頭を撫でてくれる。

「カイト隊長はレイピア持ちの氷、風魔法の持ち主だ。素早い剣先から繰り出される氷と風の刃に気をつけて」

おお！　カイト隊長の雰囲気にピッタリ！

「氷には火が有効だから！」

「火魔法ですね！」

「シリウスさんは魔法こそ使えないが、驚くべき身体能力を持っている」

獣人だもんね！

「僕もスピードには自信があるけど、少し負けてると思う。そこは経験と魔法でカバーしようと思うけどね」

「パックさんも魔法を使うの？」

「ああ僕は風魔法と双剣を組み合わせて戦うんだ」

へぇー！　どんな感じかとワクワクしてしまう。

「ミヅキちゃんは素直に話を聞いてくれるから教えがいがあるなぁ」

パックさんが嬉しそうにする

「教えがい？」

「僕の部下達は……ほらガッツ隊長の部隊兵だから、脳筋（のうきん）バカが多いんだ」

「いや、本当に力がある者が強い！　みたいな考えの奴らばっかりだからさ」

脳筋（のうきん）バカって……苦笑いをしてしまう。

あー、だから第二部隊は筋肉マッチョが多いのか。第二部隊の方を見て納得する。

「魔法も覚える気ないし、僕の言うことも聞かないしね」

「えー大変ですね」

「まぁそういう奴らは力でねじ伏せるけどね」

そう言って腕に力こぶを作る。

そういえば、ドッジボールの時も小柄なわりに凄い球を投げてたな。

「さぁ、ドッジボールのリベンジといこう！　ミヅキちゃんは無理せずに頑張ってね」

「はい！　パックさん頑張りましょうね！」

私達は手を取り合い気合いを入れた！

三　怪物達の試合

「では一試合目……はじめ！」

私は合図と共にすぐに自分とパックさんに風の防壁を張る。

するとカイト隊長が私に迫り、シリウスさんはパックさん目掛けて一瞬で間を詰めてきた。

「わぁ！」

気がつくと目の前にカイト隊長の顔があり驚いてしまう。

ガキッーン！

しかし、防壁に弾かれてカイト隊長が後ろに飛ぶ。するとレイピアを目にも止まらぬ速さでふり抜いた。

ガンガンガン！

見えない刃が飛んでくると防壁に当たっている。

「えっ？　どっから来てるの？」

私も負けじと火弾を放った。

「げっ！」

カイト隊長から似合わない言葉が漏れた。

後から聞いたが私の火弾は大きさが普通の三倍の大きさだったそうだ。

しかし、カイト隊長は危なげもなくひらっとそれを避ける。

「わー当たんないよ！」

しょうがない、数打ちゃ当たるか。私は威力を弱めて火弾を複数放つことにした。

カイト隊長は、威力が落ちた火弾に氷の刃と風の刃を交互に当てて、次々と相殺している。

「ミヅキちゃん、カイト隊長は風刃を自由に操作出来るんだ。気をつけ……うわっと！」

喋ってる途中にシリウスさんからの攻撃が来たようだ。パックさんも頑張ってる。

私はふーっと息を出すと一呼吸して魔力を込めた。

「魔法を操作なんて凄いなぁ、考えもしなかった。でもそれって、まさに自分の魔力を操作するってことだよね」

私は試しに土魔法で弓矢を無数に作ると、それを風魔法で浮かせた。

そして狙いを定めてカイト隊長目掛けて風に乗せる。カイト隊長が右にサッと避けるが、そのまま風も右に流し、弓矢の大群にカイト隊長を追いかけさせた。

「魔法操作までやれるんですね。しかし速さが足りませんね」

カイト隊長はレイピアで次々と弓矢を落としていく。

「凄い！　やっぱり隊長達は強いね」

私はなんだか楽しくなってきた！

全ての弓矢が落とされると同時に、カイト隊長が一瞬で前に迫ってきた。

シュッ！　目の前でカイト隊長が動いた？

その程度しかわからないでいると「ビシッ！」と防壁に切れ目が入る。

「きゃー！」

慌てて風の防壁を強化し、上から火の防壁を纏う。風と火が合わさり、私の周りは凄まじい勢いになった。

その様子に思わずカイト隊長も間合いをとる。

私はカイト隊長が止まったのを確認して水魔法を放った。霧状の水を放つと火と合わさり水蒸気が舞い、辺りは白い煙に包まれた。

「しまった！」

霧のせいでカイト隊長の姿を完全に見失った。嫌な予感がして、私はさらに土に手を当てると防壁を追加する。

ピーン！

防壁を穿いてカイト隊長のレイピアが目の前でとまった。

「うわぁぁぁ、やばかった！」

カイト隊長は私の場所を把握しているようだった。

今度は火の防壁を弱めて土を強化し、雨を降らせる。カイト隊長の周りが水浸しになった。

「氷魔法は私も使えるよ！」

カイト隊長の地面をアイスリンクにする。カイト隊長はレイピアを地面に刺してバランスを取った。

「これでは思うように動けませんね」

カイト隊長は足場をガッガッと踏みつけると剣を構える。

「氷纏剣」

レイピアの周りに氷が集まり透き通る剣が現れた。

「ミヅキ、防壁を最大にしておいて下さいね」

「えっ？」

カイト隊長はニコッと笑うと、似合わない声を出して剣を振り下ろした！

「うおぉぉーー！」

氷の剣はそのまま刃となって私に向かって飛んでくる。

「えーと、待って待って！　風でしょ、土でしょ、木でしょ、水はダメか、あとは火の防壁！」

できる限りの防壁を張った。

バキバキバキバキ！　防壁を穿いてカイト隊長の刃が襲ってくる。

「うわうわ！　神木様の盾！」

私は最後の手段で神木様で作った盾を出した。

ガン！　刃は跳ね返すが衝撃で私は後ろに投げ出された。

「きゃっ！」

「「ミヅキ！」」

カイト隊長が真っ先に駆け寄って投げ飛ばされた私を抱き上げる。

「大丈夫ですか？」

心配そうに見つめるカイト隊長にニカッと笑いかける。

「大丈夫大丈夫、びっくりしただけ」

カイト隊長は心配そうに頬を撫でた。気がつくと頬に軽く擦り傷が出来ていた。

「もうまいったと言って下さい。これ以上の技を繰り出せばミヅキに取り返しのつかない怪我を負わせてしまいます」

苦しそうな顔でそう絞り出した。

「えっ、あれ以上の技を？」

「ミヅキが思いのほか強いので手加減が出来ません」

「あっ……やっぱり手加減してたんだ」

カイト隊長がしまったと顔を歪めると、開き直ったように話しかけてきた。

「ミヅキは、魔法は素晴らしいですが体力がそれに伴ってませんね。そこを狙われたら一発ですよ」

「うーん、でもそれってどうやって鍛えよう。毎日走ればガッツ隊長みたくなれるかな？」

「「「「駄目だ！」」」」

うぉっ！　周りからも揃って反対の声があがる。

戦っているはずのパックさんとユリウスさんからも声があがった。

皆からの反対にあい私はガックリと肩を落とす。

「カイト隊長、この勝負私の負けです。でもパックさんの援護はしてもいいですか？」

負けを認めて両手をあげる。

「わかりました。私もシリウスを魔法で援護しますので、もうひと勝負ですね」

カイト隊長は擦り傷をもう一度優しく撫でると私を下ろした。

「パックさん頑張って下さい！　私は負けちゃったから後ろから援護しますね」

「了解！」

パックさんはシリウスさんから目を離さずに答える。二人が剣を交えるとシリウスさんの剣が弾かれた。どうやらパックさんの剣は風魔法を纏っているようだ！

「パックさん、風魔法を強化するね！」

パックさんの双剣が纏っている魔法に魔力を流した。

「えっ！　なんだこれ」

パックさんが自分の剣を見つめて唖然とする。

「パックさん危ない！　前見てー」

シリウスさんが隙をついて突進してくる。しかもシリウスさんの剣は先程のカイト隊長のように氷を纏っていた。

「風と相性がいいのは火だよね！　パックさん気をつけてね」

私はさらにパックさんの剣に火魔法を追加した。すると渦を巻く炎の剣が出来上がった。

「凄い！」

パックさんが剣を振り下ろすと、シリウスさんが慌てて剣で受け止める！

しかし「ジュッ！」と剣からありえない音がした。あまりの高温にシリウスさんの剣が溶けたのだ。そのまま顔の前で剣を止めながら「まいった」とシリウスさんが折れた剣を手放し降参する。

パックさんも剣を下ろすと額の汗を拭った。

「ふぅー、これでドッジボールの雪辱は果たせたかな」

パックさんはシリウスさんに向かって手を差し出した。

シリウスさんは驚きながらもその手をつかみ立ち上がる。パックさんがニカッと笑っていた。

私はそんな二人に駆け寄った！

「パックさん、シリウスさんお疲れ様～！　二人共かっこいいね～。双剣て素敵！」

二人に笑顔を向けるとシリウスさんが驚きに目を見開いた。

「ミヅキ！」

私の頬の擦り傷に気が付き慌てている。

「カイト隊長、ミヅキが怪我を！　気を付けていたのに！」

「すみません。思いのほかミヅキが強くて手加減が難しく……」

カイト隊長がすまなそうに眉を下げて謝った。

「やっぱり、二人共手を抜いたんだ」

「いや、ほぼ本気だった！　ただ隙が多かったけど、そこをつかなかっただけだ」

二人共すまなそうな顔をする。

優しい二人につい意地悪な態度をしてしまった。

「ふふ、わがままを言ってごんなさい。とっても楽しかったからまた戦って下さいね」

「「もう二度とごめんだ！」」

カイト隊長とシリウスさんが見事にハモり顔を見合わせた。二人の必死な様子にパックさんもクスクスと笑いだし、可笑しくなってしまいには四人で笑った。

楽しそうな私達にアラン隊長が困惑しながら声をかける。

「えーと、楽しそうなところ悪いが、勝ったのはカイトチームでいいのか？」

「「はい」」

私もパックさんも笑って答える。

「ミヅキのアシストがなかったら勝てたかわからないもんね。今回は僕達の負けだね」

「もっと強くなって、次は勝ちますよ！」

カイト隊長に拳を向けた。

「次はアラン隊長とお願いします」

カイト隊長は爽やかに笑ってアラン隊長に丸投げした。

「よし、次はアラン隊長と戦うからね！」

「えっ俺？」

「アラン隊長なら二人で戦って丁度いいんじゃないですかね」

カイト隊長の提案にそれがいいと皆が頷く。

いつかアラン隊長とも戦うことを約束して私達の試合は終了となった。


「二試合目！　ガッツチーム対シルバチーム！」

私はこれから戦うシルバに近づくと心配して声をかけた。

【シルバ、あんまり本気でやらないよね？】

【どこまでやっていいんだ？】

【うーん……魔法なしとか？】

【力だけか、まぁいいだろ】

シルバが了承してくれると審判のアラン隊長に伝える。

「シルバは魔法なし縛りで戦うそうです」

アラン隊長が頷き、ガッツ隊長に視線を向けた。

「ガッツ隊長それでいいか？」

「私も魔法は使わないので丁度いいですね。フェンリルさんよろしくお願いします」

ガッツ隊長も了承してお互いが向かい合った。

「では二試合目、はじめ！」

緊迫するなかガッツ隊長が大剣を振り上げるとシルバに向かって行った。シルバはサッと避けると前脚を振り下ろすが「バチーン！」と魔法で弾かれる。

【ほぅ】

どうやらエドさんが防壁を張ったようだ。

「ガッツ隊長、いきなり突っ込まないで下さい！」

「試合は力と力のぶつかり合いだ！」

「あっちはフェンリルですよ！　機動力も人とは違うんだ、少しは頭を使って下さい！」

「わかった、行くぞー！」

ガッツ隊長がまた同じように突っ込んで行くとエドさんが頭を抱えた。

「何やってんだよ！」

エドさんが止めようとガッツ隊長の後を追おうとすると「シュンシュン！」と見たこともない武器が足元に刺さった。すんでのところで後ろに逃れると武器を拾って確認する。

「ナイフか？　しかし形が違う」

どうやらコジローさんがエドさんの行く手を阻む為に投げたようだ。

その間にガッツ隊長がシルバに剣を振り下ろしている。シルバはそれを爪で受け止めるが、ガッツ隊長が頭を大きく振りかぶり、シルバ目掛けて頭突きをする。

「ゴンッ！」

頭蓋骨の低い音が響くとガッツ隊長とシルバがフラフラとお互いに離れた。

【この……石頭が！】

「やばいクラクラする」

「ガッツ隊長ー！　頭を使えって、頭突きしろって意味じゃねー！」

エドさんが大声をあげるとその隙にコジローさんが背後を取った。そして首にナイフのような武器を突き立てて冷たい瞳で睨みつける。

「くっそ……まいった」

「エド脱落！」

一足先に立ち直ったシルバは爪を伸ばし剣を振り払おうとする。

しかし、ガッツ隊長は剣を盾にして爪を受け止めた。シルバはそのまま力を込めてガッツ隊長を後ろに押し付ける。

ガッツ隊長の体が徐々に後ろに押され始めると、サッっと剣を引いて後ろに跳ねた。

しかしそれを読んでいたのか、シルバがそのままガッツ隊長の方に飛んでいき、着地と同時に体に体当たりする。

ドッシーン！

ガッツ隊長は避ける暇もなく壁にめり込んだ。

「そこまで！　シルバチームの勝ち」

【よし、ミヅキ勝ったぞ！】

【シルバ！　かっこいい】

シルバが尻尾を振りながらこちらに駆け寄ってきた。私が両手を広げて抱きつくと、満足そうにしている。

「ガッツ隊長は大丈夫かな？」

救出されているガッツ隊長が気になり心配になってきた。

【あのくらいで怪我をするような鍛え方はしてないだろ】

シルバは心配ないからもっと撫でろと頭を擦り寄らせる。そんな可愛くてかっこいいシルバが羨ましいのか、試合を見ていた兵士達がこちらをじっと見ていた。

「すげぇ、あのガッツ隊長に力で押し勝ったぞ」

「俺ガッツ隊長に一度も腕相撲で勝ったことないのに」

「力だけで勝てない相手を倒すには戦略を使わないとな、お前達ももう少し頭の方を鍛えろよ」

パックさんが笑って声をかけるとガッツ隊長の元へと向かった。

「ガッツ隊長、大丈夫ですか？」

「ああ、体が抜けないがな」

「エドもお疲れ」

「パック、お前ってすげぇな、ガッツ隊長とどうやって意思疎通取ってんだ？」

「まぁ、色々とな」

パックさんはガッツ隊長の腕を掴むと、「ふん！」と壁から引き剥がす。

「ガッツ隊長、久しぶりに全力を出し切ったんじゃないですか？」

「ああ、スッキリした。またフェンリルさんに撃ち合いを申し込むかな」

「またあんな怪物とやるんすか？　俺なら一発で吹き飛ばされますね」

「あれで魔法が加わると思うと恐ろしいな」

助け出されたガッツ隊長達がこちらを見て苦笑している。

「ミヅキの側にいるとそう見えなくなるのはなんでだ？」

「「さぁ……」」

三人は笑いながらゆっくりとこちらに向かって歩いてきた。

「ガッツ隊長、大丈夫ですか？」

「ああ、問題ない！」

そう言って力こぶを見せてくれる。

大丈夫そうでよかった！　その姿を見てホッと息を吐いた。


「続いて三試合目、ミシェルチーム対アランチーム」

「よっしゃー！　やっと出番だ！」

アラン隊長が肩を振り回す。審判はカイト隊長と交代した。

「アラン隊長か〜。ミシェル隊長、どう行きますか？」

セシルさんがミシェル隊長の横に並び話しかけた。

「そうねぇ、どうせアラン隊長は突っ込んでくるわよね。腕力じゃ敵わないからな〜」

そう言って細腕を擦る。

「いやいや！　ミシェル隊長ならアラン隊長の剣を受け止めるでしょ。力だってガッツ隊長と変わんないですよね」

「あんた、人を何だと思ってるのよ！」

「バケモンの相手はバケモンに任せます。よろしくお願いします！」

セシルさんはサッサと構えると合図を待った。

「全く！　終わったら覚えてなさいよ」

ミシェル隊長も武器を出すとピシャン！　と鞭を振り下ろした。

「ミシェル隊長の武器って鞭なんだー！」

似合いすぎる武器に顔を輝かせた。ミシェル隊長にピッタリでかっこいい！

「ミシェル隊長は鞭使いで魔法も得意なんだよ」

パックさんが隣に来て解説してくれた。

「ここのチーム、副隊長が変わっただけだな」

確かに、どっちが勝つかなぁ～！

開始の合図と共にアラン隊長がミシェル隊長目掛けて距離を詰める。ミシェル隊長はわかっていたかのように鞭を両手に持ち、ピーンと張ると剣を受け止めた。

「足元にご注意！」

ウインクすると土魔法でアラン隊長の足元を柔らかくする。

アラン隊長はバッ！　と後ろにジャンプして距離を取ると構えて剣を腰に当てた。

「ミシェル隊長！　斬撃の衝撃波がきます。注意して下さい」

「わかってるわぁ～」

ミシェル隊長が鞭を構えるとアラン隊長が目にも止まらぬ速さで剣を振り抜いた。

「あっ……無理だわ」

鞭を下げて土魔法で防壁を作るが分厚い土壁をものともせずに貫通していった。

「よいしょっ！」

最後は鞭で軌道を逸らしながら身を避けた。

「やばい！　観客席にいったぞ」

アラン隊長が見つめる先には国王達が座っていた。国王は自身を守ろうとする近衛兵に手を出して静止させると腰から剣を抜き、飛んできた衝撃波を両断してみせた。

「部隊長、試合に夢中になるのはいいが気をつけろ～！」

観客席から豪快な笑い声が響く。

「ミシェル隊長、気をつけろよ！」

アラン隊長の攻撃なのにミシェル隊長を注意している。

「ごめんなさい、いつもなら観客なんていないから気にしてなかったわ。よかった～国王様がいてくれて」

「あれっていいの？　反逆罪とかって言われない」

私はハラハラしながらベイカーさんに聞いてみた。

「まぁ笑ってるからいいんじゃねぇの？」

ベイカーさんが興味なさげに肩を上げる。

アラン隊長達は気にせずに試合を再開していた。アラン隊長は相変わらず衝撃波を繰り出すとミシェル隊長は地面へと流す。しかしアラン隊長の衝撃波の数が徐々に増えていった。

「ちょっとセシル！　手伝って～」

「ノーマンさんの相手してますんで無理です！」

「もう、しょうがないわね！」

ミシェル隊長は土魔法で防壁を張りながら、アラン隊長とノーマンさんに向かってそのまま土の壁を押し付けた。その隙にセシルさんがミシェル隊長の側に駆け寄った。

「先にノーマンをやるわよ！　その後に二人でアラン隊長を潰すわ」

「了解です！」

「ノーマンは槍と水魔法よ、私は氷魔法の鞭で攻撃するわ！」

「俺は横からいきますね！」

素早く確認を取るとアラン隊長を土魔法で閉じ込める。

「アラン隊長には一瞬で砕かれる、すぐにいくわよ！」

「はい！」

ミシェル隊長がノーマンさんに向かって氷の鞭を放つと「甘いですよ、ミシェル隊長！」とノーマンさんが槍を繰り出す。その槍には火魔法が纏っていた。

「えっ、ノーマンは火魔法は使えないはず！」

「アラン隊長です！　あの人は火魔法が得意ですよ。ミシェル隊長すみません。俺は風魔法なので相性最悪です」

ノーマンさんに鞭を跳ね返されるとセシルさんも距離を取った。

ドンッ！　すると急にセシルさんが後ろに吹っ飛んだ。

「うわぁ！　もう出てきた……」

「甘いぜ、ノーマンが狙われると踏んでたんだ！」

ミシェル隊長に向かってアラン隊長とノーマンさんが剣と槍で同時に突くと、鞭を巻き付け二人の剣を受け止める。

「ぐうっ！」

ミシェル隊長がこめかみに青筋を立てながら力を入れた。

「さすが怪力、俺達二人を止めるとは」

「うっさい！」

ミシェル隊長が野太い声を出した。

「ノーマン！」

「はい！」

ノーマンさんが思わず力を弱めて槍を引く、するとバランスを崩してミシェル隊長に隙ができた。

ミシェル隊長は最後の足掻きでノーマンさんに鞭を振るうがアラン隊長に剣を突き立てられる。

「ノーマンの首の鞭を外してやってくれ」

アラン隊長が頼むとミシェル隊長の鞭がスルッとノーマンさんの首から解けた。

「しょうがないわね、まいったわ！」

フーっと息を吐きノーマンさんが自分の首が無事なのを確認する。

「うわぁ、ノーマン首に痕が出来てるぞ！」

「あらヤダ、ちょっと力が入っちゃったわ。おほほほ……」

セシルさんが心配そうにノーマンさんに寄ると手を差し出した。

「大丈夫か？」

「平気ですよ、本気ならもうこの世にいませんから」

笑って答えるノーマンさんに、セシルさんは背筋が寒くなりブルッと震えていた。

「さぁ、次は俺達だな！」

ベイカーさんがいよいよ出番だと首をほぐしながら立ち上がる。

「腹も減ってるしさっさと終わらしてやるからな！」

「ふん！　あんたがアラン隊長の弟弟子だからって手加減はしないからな！」

タナカ隊長もやる気に満ちている。

「お願いします」

「よろしく〜」

ユリウスさんとオリバーさんはそんな二人と対照的ににこやかに握手をした。

「おいオリバー！　なに穏やかに握手なんてしてんだ！」

「これから戦う相手に敬意を払うのは当然だ、タナカ隊長はもっと落ち着け」

オリバーさんに叱咤されてタナカ隊長の顔が歪んだ。

「あはは〜！　どっちが隊長かわからねぇな」

ベイカーさんがわざと煽るように笑いだした。

「うるさい、そんなことはわかってるんだ」

タナカ隊長がついムキになって言い返す。

「はぁー」

そんなやり取りにオリバーさんがため息をついた。

「ほら始めるぞー！」

アラン隊長の声に四人の顔が真剣なものに変わった。

「はじめ！」

タナカ隊長とオリバーさんが並んで飛んで後ろに下がった、タナカ隊長が長剣をオリバーさんは弓を構える。

「オリバーさんの武器は弓だ」

「オリバーの弓の精度は凄いです。しかも魔法を巧みに操るんだ」

「威力は弱いんだけど弓と合わさると厄介なのよねぇ〜」

カイト隊長とミシェル隊長が言うのだから凄いのだろう。

タナカ隊長が長剣を振ると斬撃で衝撃波を放つ。それに合わせてオリバーさんが弓を射った！

斬撃に火矢を合わせてタナカ隊長の斬撃が炎にのまれ威力が増した。

「うお！　ユリウス、避けろ」

「はい！」

ベイカーさんとユリウスさんは左右に分かれて炎の斬撃を避ける。

すると離れた途端にユリウスさん目掛けてタナカ隊長が突っ込んできた。ユリウスさんは剣でタナカ隊長の長剣を受け止めた。

「上だ！」

ベイカーさんの声に上を見るとオリバーさんの放った氷矢が無数に降ってくる。タナカ隊長はサッとそれを避ける為後ろに飛んだ。

ユリウスさんは氷の矢を剣で叩き落とすが間に合いそうになかった。

「うおりゃー！」

ベイカーさんが急に叫ぶとタナカ隊長よりもでかい炎の斬撃がユリウスさん目掛けて飛んできた。

「ちょっと！」

ユリウスさんが驚きサッと屈むと氷の矢が「ジュッ！」と音を立てて溶けていく。

「大丈夫か？」

ベイカーさんがユリウスさんに駆け寄ると手を出して立たせている。

「ええ、ベイカーさんに殺されかけたと思いましたがなんとか大丈夫です」

にっこりと笑ってお礼を言った。

「なんだよ、助けてやっただろ？」

「避けなければ私が攻撃を受けてましたよね？」

「いや～、ユリウスなら避けられるかなぁって思ってな」

呑気に話していると、タナカ隊長が斬りかかってくる。ベイカーさんが難なく剣で受け止める。

「バチッ！」

「うわぁびっくりした！」

剣に電気が走り弾かれた。

「雷魔法か？」

タナカ隊長は雷を剣に纏って斬りかかってくるがベイカーさんは気にせずまた剣で受け止める。

「えっ、雷が効いてない？」

タナカ隊長に雷魔法を付与したオリバーさんが逆に驚いていた。

「余所見は駄目ですよ！」

その隙にユリウスさんが一瞬で背後を取った。

「しまった！」

オリバーさんが距離を取ろうとするが、ユリウスさんの獣人の速さには敵わなかった。

弓を構えて応戦するがユリウスさんの剣がオリバーさんの弓を弾き飛ばして勝負あった。

「あーまいった……」

オリバーさん脱落。タナカ隊長の剣は相変わらずバチッバチッと帯電しているが、ベイカーさんは何度受けても顔色を変えずに剣を交えている。

「あれって雷魔法を受けてないの？」

私が試合を観戦してる隊長達に聞くとカイト隊長が首を傾げながら答えた。

「いえ、確かに剣を伝って攻撃を受けているはずなんですが？」

「ベイカーさんって土魔法が得意なのかしら？」

ミシェル隊長に聞かれるがそんなことは聞いたことがなかった。

「土魔法はこの間やっと使えるようになったって言ってたよ」

「あら、それなら大したことないわねぇ〜。オリバーの雷魔法は結構な威力のはずよ。余程の土魔法を使える者じゃないと完全に防ぐなんてできないんじゃないかしら？」

すると、少し離れて審判をしているアラン隊長がこちらに向かって声をかける。

「ベイカーはもっと強力な雷魔法によく撃たれてたから耐性があるのかもな！」

「強力な雷魔法？」

「ああ」

アラン隊長が怯えるような顔をすると思い出したのか体を震わせた。

「誰かしらね？」

うーん……雷魔法ってもしかしてあの人？

私の頭には町で待っている少し怖くて優しいあの人の顔が浮かんできた。

「あっ、ベイカーさんがタナカ隊長を押し出したわ！」

話しているうちに試合が進み、ベイカーさんはタナカ隊長のように自分の剣に火魔法を纏わせるとスピードを上げた。

「雷魔法の威力が落ちてきたのね、これは勝負ありね」

ベイカーさんの剣がタナカ隊長の剣をバチン！　と弾き飛ばした。その剣は審判をしているアラン隊長目掛けて飛んでいくがアラン隊長は身動き一つしないでタナカ隊長の剣を掴んだ。

「ああ、このくらいの雷ならベイカーには問題ないだろ」

「雷魔法が効かないなんて……」

それを聞いてオリバーさんがガックリと肩を落とす。

「相性が悪かったですね」

隣で立っていたユリウスさんが苦笑いする。

もう助太刀は必要ないとオリバーさんと共に下がっていたのだ。

「ベイカーチームの勝利！」

ベイカーさんがニコニコと私達の元へと帰ってきた。

「やったぞ、まずは一勝だ！　これでトッピングまであと少しだな！」

「ベイカーさん、お疲れ様ぁ～」

ベイカーさんに近づいてその体に触ろうとすると「バッチーン！」と凄まじい静電気が起きた。

「痛ーい！」

私はあまりの痛さに手を振った。

【ミヅキ！　大丈夫か？】

シルバが慌てて私の側に駆け寄った。

【大丈夫、びっくりした～】

「ミヅキ！　悪い大丈夫か？」

ベイカーさんが手を差し出すがまた静電気が起きそうで手を掴むのを躊躇してしまう。

「向こうで……放電してくる」

私からの拒否にショックな顔をして壁に手をつきながらまるで負けたかのように肩を落としていた。

「後ろ姿が不憫ねぇ～」

そんなベイカーさんの姿を見てミシェル隊長がクスクスと笑った。

「だ、だって、凄い痛かったよ！　ベイカーさんよくあれが大丈夫だったね」

電気を抜いてきたベイカーさんが戻って来るが、私は警戒してシルバの後ろに隠れる。

「ミヅキ、もう大丈夫だ！　ほら！」

その手でアラン隊長をペタっと触ると「バッチーン！」と再び静電気が走った。

「痛ってぇー！」

「あれまだ残ってた？　悪ぃ悪ぃ」

「てめぇ、ふざけんなよ！」

アラン隊長がベイカーさんに殴りかかろうとすると慌てて私のことを指さした。

「ほら、ミヅキが見てるぞ！」

アラン隊長は拳を下ろすと仕方ないと息を吐く。

「勝負は剣でだな」

「わかってる」

二人は頷きあっていた。

「ベイカーさんは雷魔法が得意なの？」

ちょっと離れながら気になったので聞いてみた。

「得意って言うか、撃たれ慣れてるって言うか」

何だかハッキリと答えない。

「なんで？」

首を傾げてさらに近づいて問い詰めると渋々答えてくれた。

「セバスさんがな……雷魔法が得意なんだ」

あっやっぱり。

「なんかやらかすと、こう……ドカーンとよくやられてな」

思い出してブルッと青い顔をする。ていうか……バッチーン、じゃなくてドカーンなんだ。

「あれに比べれば全然耐えられたな」

「そうは言っても普通の人なら気絶するわよ！」

ガックリしてるオリバーさんにミシェル隊長がフォローする。

「そうですよ！　さっき残りの電気がバチッってきてとっても痛かったです。あれが直撃すると思うと怖いよー」

「そうそう、この人が異常なんだよ、気にするな！」

皆に励まされている。

「異常って、じゃあこんな体にしたあの人はどうなんだよ！」

『バケモンだ！（よ！）』

隊長達が当たり前のように声を揃えた。


「続いては二回戦、カイトチーム対シルバチーム！」

カイト隊長とシリウスさん、シルバとコジローさんが前に出ると向き合った。

カイト隊長の周りが急激に冷えているのか隣のシリウスさんの吐く息が白くなる。シリウスさんはそれに合わせて離れて距離を取っていた。

「氷斬閃！」

開始の合図と共にカイト隊長のレイピアが氷に包まれ、無数の刃がシルバとコジローさんを襲った。

「カイト隊長いきなり全開だな」

「あれをやられてたらすぐに負けてたね～」

カイト隊長チームに負けた私達は、彼らが本気ではなかったのだと改めて思い知らされる。

「そうだね、ミヅキちゃんがいたからやっぱり様子を見てたんだね」

「しかし、あのまま勝ってミヅキ対シルバだったらどっちが勝つかなぁ」

「そりゃシルバだよ！」

私がすぐに答えるが皆は首を傾げて唸っている。

「「「うーん」」」

一向に賛同が得られない。

「シルバがミヅキを攻撃するところなんて想像出来んな」

「「確かに……」」

「シルバは優しいけど、試合となったらきっとちゃんと戦ってくれるよ」

「ないな、シルバはミヅキ以外のことは結構どうでもいいって思ってるし」

ベイカーさんが言うとデボットさんもその通りだと頷く。

「そうですね、他の人には容赦ないですけど、ミヅキには絶対手を出しませんからね。何もせずに降参するんじゃないですか？」

「コジローもそんな感じだよな～、ミヅキ！　カイト隊長に勝ってたら不戦勝で決勝までいってたな！」

ベイカーさんに笑顔でそんなことを言われるが面白くない。

「ふん、どうせシルバ達に甘やかされてますよ！　いいもん、後で豪快な食事全部シルバにあげちゃうんだから！」

私達が言い争っている間にシルバ達に動きがあった。カイト隊長が放った斬撃が足に当たった途端に凍りつき、コジローさんの足を止めた。

「あっコジローさんが！」

シリウスさんがコジローさんを落としにかかろうと近づくが悪寒がしたのかブルッと震えて一歩下がる。すると目の前を地面を抉りながら突風が通過した。

寒い会場の中シリウスさんは背筋に汗が滴り落ちる。

【シルバさん、すみません！】

コジローさんは足の氷を砕くとシルバの側にサッと戻った。

先程の突風はシルバの攻撃だった。

【いや、つい力が入ってしまった。あいつが避けてくれてよかったぞ、間違えて殺す所だった】

危ない危ないと私の方に視線を向ける。

私はシルバ達の会話に唖然として口を開けて驚いていた。

【ミヅキ！　今のはちょっとした間違いだ。やっぱり威力が強すぎた、手加減するのも難しいな……コジロー、後ろから援護するからお前が行け、その小刀を出来るだけ投げろ】

【クナイをですか？　わかりました！】

コジローさんが構えると二人目掛けてクナイを投げ続ける。

すると後ろからシルバがクナイ目掛けて前脚を振りかぶり風を起こした。コジローさんが投げたクナイが風を受けて速さを増した。

カイト隊長達は突風に踏ん張っていると、それに乗って複数のクナイが飛んできた。

カイト隊長はどうにか弾くが、シリウスさんの方はいくつか体を掠める。

「クッ！」

シリウスさんが膝をつくとすかさずシルバがカイト隊長に飛びかかった！

その隙にコジローさんはシリウスさんの首元に刃を向けた。

「まいった……」

シリウスさんが両手をあげて脱落するとカイト隊長とシルバの一騎打ちになる。

カイト隊長がシルバ目掛けて氷魔法を放つとシルバの体が凍りついていく、しかし「ブルッ！」と体を震わせるとバキバキと音を立てて氷が砕けた。

「やはり魔法も効きませんか……」

カイト隊長はレイピアを握りしめると先程の試合同様氷を纏(まと)わせるとシルバに突っ込んでいく。

シルバはカイト隊長の剣を危なげもなく口で受け止めると、グイッと後ろへとほうり投げた。

「まいりました」

カイト隊長は両手をあげて笑って降参した。

「試合終了、シルバチームの勝利！」

「シリウスさん、大丈夫！」

シリウスさんに駆け寄ると体から血が滲んでいたので回復魔法をかける。

「ミヅキ、さっきも魔法を使って疲れてるだろ？　無理しなくていい、こんな傷はほっとけば治るから」

シリウスさんが私の手を止めようとするが、そのまま無視して回復魔法をかけた。

「駄目だよ。ここだけの話まだ魔力も余ってるからね」

シリウスさんにウインクすると諦めたのか手を下ろした。

「すまなかったな」

コジローさんがシリウスさんの様子を心配して見に来ると申し訳なさそうに謝った。

「いえ、避けられない自分の力不足です。それにしてもあの武器は面白い形をしてますね」

「あれはクナイといって故郷の武器なんだ、あまりこちらでは出回っていない武器だと思う」

コジローさんとシリウスさんが武器の話で盛り上がっていると今度はシルバが近づいて来た。

【シルバお疲れ様、かっこよかったけどちょっとやりすぎだったね】

【つい力がな、下手に手加減しすぎるとこっちがやられるしな。加減が難しい……しかし次はアランかベイカーだ。思う存分叩きのめしてやる】

珍しくシルバが楽しそうにしている。その様子に私も嬉しくなった。

シルバは強すぎるからいつも制限させちゃってストレスも溜まっていたのだろう。

ここで存分に楽しんでもらいたかった。

【あの二人なら少しくらいは無茶しても大丈夫そうだね！　怪我したらしっかり治してあげるから楽しんでね】

シルバにギュッと抱きついた。

次はアラン隊長チームとベイカーチームの試合だが、その前に魔法クラスの試合することになった。「なんで？」と聞くとあの二人だと試合が長引きそうなのでとのこと。

魔法クラスで試合をする面々が前に出ると、私も続いてトコトコと前に出る。

「ミヅキちゃん、どうしたの？」

魔法クラスのロリーさんが声をかけてきた。

「私も参加しますので、皆さんよろしくお願いします」

魔法クラスの人達にペコりと頭を下げる。

「「「「「「「「えっ？」」」」」」」」

八人そろって同じ反応をする。

「本気ですかアラン隊長？」

グリップさんがあからさまに顔を顰めていた。

「ああ、ミヅキは魔法が得意なんだ。ベイカーとフェンリルからも了承が出てるからな、くじは平等にする。一人は不戦勝で勝ち抜けとしてやるからな」

「子供だからって手加減しなくていいんですよね？」

グリップさんがジロっと私を見下ろした。

【なんだ、アイツは……】

シルバがグリップさんの態度を見て不機嫌になった。

【シルバ、大丈夫だよ。勝負に参加させてもらうのは私なんだから、皆と同じルールで戦うよ。私だって冒険者なんだから！】

【……わかった】

シルバが渋々納得すると大人しく腰を下ろした。

「アラン隊長、それで大丈夫です。思いっきり来てください、私だって魔法なら負けません！」

やる気を見せるとグリップさんは何も言わずにクジに向かってしまった。

「ミヅキちゃん、悪いな。アイツは魔法に関しては妥協しないやつだから、まぁ多分優勝候補だな」

ロリーさんがそっと教えてくれた。

「だけど、戦うとなったら俺だって手加減しないよ。ご褒美が欲しいからね！」

ロリーさんがよろしくと手をあげてクジを引きに行った。

最後に私がクジを引き対戦相手が決まる。

「ロリーとミロ、デルズとサイ、ミヅキとカヤック、ファイとアイムス、グリップが勝ち残りだな」

私の相手はカヤックさんだ。

対戦相手のカヤックさんを確認するが、フードで顔を隠していて表情がよく見えなかった。

「カヤックさん、よろしくお願いします！」

私はカヤックさんの元に行き声をかけた。

「……しく」

小さくてよく聞き取れないが、多分よろしくって言ってくれたのかな？

「四組とも同時進行で行う。各自離れて場所を決めろ」

私はカヤックさんと練習場の端の方に移動する。

するとゾロゾロと観客がついてきた。

「ちょっと、なんで皆ついてくるの？」

私はついてくる皆をジロっと見つめた。

「俺はミヅキがやらかさないか心配だからな！　それに保護者だし」

ベイカーさんがそう言って、コジローさんとデボットさんに同意を求める。

「俺はミヅキがご主人様だし、付き従うのは同然だ」

デボットさんが笑う。

【俺だってミヅキの従魔だ！】

【僕だって！】

【キャン！】

シルバ達は堂々と最前列にいた。

「俺は審判だ、きっちりと勝ち取ってきた」

アラン隊長がこれまた堂々と勝ち誇っている。

「嘘をおっしゃい！　泣きついてきたから譲ってあげたんでしょ」

隣の対戦相手の審判をするミシェル隊長がアラン隊長に怒鳴っている。

「俺達はその、ミヅキちゃんが心配で。カヤックって何考えてるかわかんない奴だから」

周りの部隊兵達がうんうんと頷く。そんなことを言われているカヤックさんを見るが、顔が隠れて表情が見えない。

「だけど魔法に関してはアイツも凄いよ、ミヅキちゃん気をつけてね」

そうか、なら少し本気でいった方がいいのかな。

私とカヤックさんは向かい合い、アラン隊長が少し離れて用意はいいかと視線を送る。

私達がお互い頷くとアラン隊長か少し下がった。

「それでは、試合はじめ！」

開始の合図と共にカヤックさんが動いた。

「水弾！」

水の塊が私目掛けて飛んできた。

「風カウンター！」

私は風で水弾を受け止めるとそのままカヤックさんへと跳ね返した。自分に返ってきた水弾を消滅させるとカヤックさんが続けて攻撃してきた。

「水刃！」

あれ？　また水魔法の攻撃が来たので首を傾げた。

私なら水が効かないと思ったら違う魔法で攻撃するからだ。

カヤックさんは水魔法が得意なのかな？　とこの時はそう思っていた。

水には土だよね！　と地面に手を置く。

「土壁！」

水の刃を弾くと「こっちからもいくよー！　土の槍！」と土で槍を作りだした。

私が作り出した槍は長さが二メートル程で先が鋭く尖っている。

土とは思えず精巧な作りに満足する。

皆が息を飲むなか、槍を風魔法で浮き上がらせてカヤックさん目掛けて飛ばす。軽く投げたつもりが凄い速さで飛んでいった。

「あれ？」

私自身があまりの速さに驚いてしまった。

「やばい！」

アラン隊長が叫ぶとカヤックさんの前に出て私の槍を剣でいなした。

「馬鹿野郎！　殺す気か！」

「えっ？　あれは避けられないの？　水壁は？」

「あんな攻撃、副隊長クラスじゃないと避けられないぞ！」

そんな風に言われて絶句する。

それにしても……私の魔法、威力が上がってた？

あんなにハッキリとした形が出来るなんて思わなかったし、速さも思いのほか出ていた。

【ミヅキ、レベルが上がってるな】

シルバが話しかけてくる。

【えー、なんかしたっけ？】

【日頃から魔法は使っているし、この間鬼人も倒しただろ？】

【倒したのはシンクとコハクだよ？】

【俺達はミヅキの従魔なんだぞ、契約してるんだから俺達が倒したってミヅキの経験値になるだろ】

あっ、そうか！　久しぶりにレベルを鑑定してみるかな……

「まいりました……」

カヤックさんが私の魔法の威力に手を挙げて負けを宣言する。

「えー、まだ戦えるよ！」

「馬鹿野郎、今の攻撃が当たってたら終わってただろうが。強い相手を見極めて撤退することも大事なことだ。この試合、ミヅキの勝利」

なんか……すみません。向き合い礼をすると、カヤックさんが近づいてきた。

皆がざわつく中、アラン隊長が止めようと近づいてきた。

「ミヅキさん……」

小さい声で話しかけてくる。

「なんですか？」

今の試合に納得できなかったのかな、まぁしょうがないよね。

何を言われても仕方ないと覚悟する。

「今度魔法を教えて欲しい……」

「はっ？」

「ぼ、僕を弟子にしてください。ミヅキ師匠！」

急に大きな声を出す。

「初めて他人の魔法で凄いと思った。あんな素晴らしい槍を僕も作ってみたい……そして属性の違う魔法を同時に使うセンスと魔力、全てにおいて敵わないと思いました」

「皆同時に使わないの？」

カヤックさんはふるふると首を振る。

あーれー？　チラッとベイカーさん達を見ると無表情で前を見ている。

あの顔は諦めの境地だな！　私はカヤックさんを見上げた。

「師匠は無理ですけど、なんか教えられることがあれば教えますね」

笑顔で手を出すとしっかりと握り返してくれた。

「よし、魔法クラスの第二回戦を始めるぞ。勝ったのは……ミヅキとロリー、デルズ、ファイ、グリップだな……ではここからまたクジを引いてくれ」

「ミヅキちゃん、カヤックに勝ったの？」

試合を見ていないロリーさんが驚いている。

「うん、勝ち進みました！」

ニカッとピースサインをする。

「流石のカヤックも本気が出せなかったのか？」

ロリーさんが勝敗の結果に首を傾げていると、早くクジを引けと促される。

「対戦はロリーとファイ、デルズとグリップ、ミヅキは不戦勝だな」

周りがクジの結果にホッとする。

「一回休みか〜」

ガッカリしていると、ベイカーさんが近づいてきた。

「ミヅキ、今のうちにステータス確認しておけ。お前またレベルが上がってるだろ」

先程の攻撃で不審に思ったのか、ベイカーさんが声をかけてきた。

「そうだった、なんかね、軽くやったつもりだったのに結構力が入っちゃったみたいなの」

私はステータスを確認した。確か前に見た時はレベルが25だったかな？

鑑定！

《名前》ミヅキ

《職業》テイマー

《レベル》25 ↓ 50

《体力》310 ↓ 1240

《魔力　》３２０００　↓　５００００
《スキル》回復魔法　水魔法　火魔法　土魔法　風魔法　木魔法　闇魔法　光魔法
《従魔　》フェンリル（シルバ）　鳳凰（ほうおう）（シンク）　ケイパーフォックス（コハク）
《備考　》愛し子　転生者　鑑定　癒し　料理人　ドラゴンの加護　神木の加護　鬼殺し

おっと、色々増えてるし、物騒な名前が付いてるぞ。

【シルバ！　なんか魔法が増えて、鬼殺しって名前が付いてるんだけど】

【この間の鬼人だな。レベルは？】

【レベルは50！　凄いね、体力も少し上がったし魔力は五万だって！】

【五万か、凄いな】

【後は魔法が、木魔法と闇魔法と光魔法が増えてる。木魔法は使ったけど、他のは使った記憶がないけどなぁ】

【あの時か？】

【あの時って？】

シルバには思い当たる節があるようだ。

【気にするな、闇魔法と光魔法のことは誰にも言うな。ベイカーにも今は黙っておけ】

【えっ？　う、うんわかった】

私が不安そうな顔をすると、シルバが近づいて落ち着かせるように私を包んで顔を舐めてくれる。

【大丈夫だ、ほら、今言って怒られたくないだろ？　後でちゃんと報告するから、今はやめておけってことだ】

シルバの優しい物言いにホッとして笑顔を見せる。

「それで？　なんか様子からするとヤバそうだな」

ベイカーさんがコソコソする私達にジト目を向ける。

「うんとね、レベルが50の体力は１２４０、魔力が５００００で木魔法が使える。あとはなんか備考が沢山増えてる。ドラゴンの加護とか神木の加護とか、あとね……」

言い難いことにモジモジとしてしまう。

「なんだ？　今の報告以上に不味いのか？」

「なんか可愛くない称号みたいのが付いててね。あんまり言いたくない」

「言え」

「やだ、なんか嫌われそう」

ベイカーさんはため息を付くと私を抱き上げた。

「今までミヅキはたっくさん色々やらかしてきたが、俺が嫌いになったか？」

ブンブンと首を振る。

「だろ？　俺がミヅキを嫌いになると思うか？」

何故か自信満々のベイカーさんにクスッと笑う。

「思わない」

「ならよし！　言え」

「うんとね、鬼殺し……だって」

チラッとベイカーさんを伺うように見る。

「はっ？」とびっくりして固まってしまった。

「ベイカーさん？　やっぱり可愛くないよね」

ベイカーさんの反応に予想以上に可愛くないのだと思い下を向く。

「いや、それだけか？　なんかもっと凄いことかと思った」

「鬼殺しだって十分凄いじゃん！」

「馬鹿……それよりもドラゴンやら神木の方が不味いわ！」

あれ、そんなもん？

「しかし殺したのは一匹だよな？　なんで鬼殺しの称号がついたんだ？」

ベイカーさんが首を傾げる。

【俺達が宣言したからかもしれん】

シルバが私達の話を聞いてそんな事を言い出した。

「ベイカーさんなんかシルバが自分達が宣言したからかもって」

「宣言？」

「あのね、鬼人に会った時に私のことを美味しそうに見てたの、そしたらシルバ達が怒っちゃって……鬼人を見たら皆殺しにするって宣言したんだよ」

「俺も宣言する！　鬼人は皆殺しだ！　ミヅキを美味そうだとふざけんなよ！」

あら？　チラッと憤怒するベイカーさんをじーっと見る。

「ベイカーさんのことも鑑定してみていい？」

「俺をか？　まぁいいぞ」

どうぞと手を広げる。鑑定！

《名前》ベイカー
《職業》A級冒険者　剣士
《レベル》89↓93
《体力》3682↓4532
《魔力》2539↓3796
《スキル》火魔法　風魔法　土魔法　剣技
《公開備考》ミヅキの保護者　大食い　鬼殺し
――これより表示出来ません――

「どうだ、レベル上がってるか？」

ベイカーさんがステータスの結果を聞いてきた。

「上がってる、レベルが93になって体力も魔力も上がってるよ。それに土魔法を覚えてて、あとはなんか変な称号も……」

必要なさそうな備考に鬼殺しの文字まで……

「おっ、やった！　たまにシルバと戦ってたからレベルが上がったんだな。魔法もシルバが教えてくれたんだ！」

【シルバ凄い、偉いね】

シルバを撫でて褒めてあげる。

【ミヅキの側に一番いる奴だからな、強い事に越したことはない！】

あっ私の為なんだね、でも嬉しいなぁ。

「あとね、私の保護者と大食いって書いてあって、鬼殺しが付いてる」

「保護者はちゃんと申請したからな。鬼殺しも付いたならよし！　見つけ次第狩ってやる」

ベイカーさんの言葉にシルバが耳をピンッと立てた。

【俺も付き合う】

【僕も！】

【キャン！】

シルバ達が鬼の言葉に反応する。

「おっ、お前らも行くか！　今度皆で行ってみようぜ！」

話が通じないはずなのに息ぴったりだ。

「試合終了〜！」

私達が鑑定の結果にコソコソと端で話している間に他の試合が終わっていた。

「勝ち上がったのはファイとグリップだな」

「ロリーさん負けちゃったの？」

あんなにご褒美を楽しみにしてたのに、残念だ。

「相性が悪かったな、ファイは水と氷魔法が得意でロリーは火魔法が得意なんだ」

「相性？」

「火は水に弱くて木や氷に強い、みたいにね」

近くにいた部隊兵が教えてくれた。

「へぇー、じゃ相性次第では勝てる確率が上がるんだね！」

「ミヅキちゃんは何魔法が得意なの？」

気になったのか部隊兵が聞いてくる。

「私？　私は……」

「馬鹿だな、さっきの試合見てないのかよ。土魔法に決まってるだろ」

そんな会話も聞こえず考え込む。

「別に得意なのは無くて全部同じくらいかな、大体使えます！」

「「えっ？」」

部隊兵が驚き言葉を失っているとクジを引くように呼び出されてしまった。

「あの土魔法の威力を他の属性も全部？」

「一体何魔法まで使えるんだ？」

スキップしながらクジを引きに行く小さい女の子を、信じられない気持ちで見つめていた。

「さぁ、魔法クラスも残すところ三人だ！　そこで魔法クラスは特別試合にすることにした」

「『特別試合？』」

「お前らは動くことがあんまりないだろ？　直径一メートルの円を作るから、お前ら三人はそこに入って残りの二人を魔法で攻撃しろ。円から出た時点で負けだ、何か質問は？」

「誰に攻撃しても構わないんですよね？　二人で一人の者にとか？」

グリップさんが私を見ながら聞いてくる。

「ああ、しかし協力し合ってもそいつも敵になるんだぞ？」

「まぁ、そうですね。しかし厄介そうな相手を先に落とすのも戦略ですから……」

意味深なことを言い出した。

「ほかの者は大丈夫か？」

アラン隊長が確認するように私とファイさんを見る。

「はい！　そのルールだと土魔法で下から攻撃したら一発で終わると思います！」

手をあげて発表さながらに答えた。

「そこは防御次第だ」

「あっそうか、下に防御張ればいいのか」

「そんなこともわからないのか……」

当たり前の戦略が分かっていないとグリップさんがイラッとしている。

「もういいでしょう、始めましょう」

グリップさんの言葉に私達は定位置に移動した。

「では、魔法クラスの最終試合を始める」

「「はい！」」

「まぁ大丈夫だと思うが、相手を殺さないようにな」

チラッと私の方を見てくるので、わかってますとニコッと笑うが、アラン隊長はため息をついた。

「はぁ、まぁいい……それじゃあ始め！」

魔法クラス最後の試合が今始まった。

「ウッドアロー！」

開始の合図と共にグリップさんが魔法を繰り出してきた。木の弓矢がファイさんと私の頭上から無数に降ってくる。

「くっ、防壁！」

ファイさんは氷の防壁を作るが木の弓矢はガッガッと氷を削っていく。

「風壁！」

対して私は風魔法で弓矢を渦のように巻きながら流してグリップさんの頭上へと返した。

「木壁……」

グリップさんが木の盾で防御すると降り注いでいた弓矢が止まる。

その隙にファイさんが氷の刃をグリップさんと私に放った。グリップさんはファイさんの氷を炎で溶かすとそのまま炎の刃を放つ。

「えっ？」

ファイさんは思わぬ攻撃の連続に水の防壁を出すのが遅れたが、水で炎をどうにか消した。

「グリップ、お前火魔法が使えたのか？」

ファイさんが驚きながらグリップに話しかけた。

「使えないなど言ったことありません」

サラッと答える。

「グリップの奴得意魔法は木と風魔法じゃなかったのか？」

観客のグリップさんを知る仲間達も驚いている。

「よーし！　私も攻撃するよー！」

私はそんな皆の空気に気が付かずにやられっぱなしでいられないと魔力を集めた。

「えっ？　ミヅキさん……」

試合を観戦していたアルフノーヴァさんが青い顔をする。

【や、やばい！　ミヅキもう少し抑えろ！】

【えっ？】

私は集めた魔力を木魔法で放とうとしたがシルバの声に気をそらされた。魔力で育った木はファイさんとグリップさんの間でドンドンと大きくなり二人を襲う。

「ちょ、ちょっとこれは……」

ファイさんは氷で防壁を張るがあっさりと破られて木に飲み込まれていく。

一方グリップさんは風魔法で防壁を張っていたが、無数に伸びてくる木の枝を切っても切っても間に合わずにとうとう飲み込まれてしまった。

「あれ？」

私は想像以上の効果に首を傾げた。

【ミヅキ、神木の加護をもらっただろ。木魔法は不味いぞ】

シルバが異常な効果のわけを教えてくれた。

【えー！　神木様の加護ってこういう意味なの！】

「ファイさんグリップさん！　大丈夫ですか」

慌てて声をかける。

「ああ……どうにか、身動きは取れそうもありませんね、僕の負けです」

ファイさんがまいったと負けを宣言する。

「まだだ！」

グリップさんは抵抗するように力を込めた。バキバキという音と共に木を叩き折って、円の中に戻ってくる。

「グリップ？」

皆がグリップさんの行動に驚いていた。

「闇魔法……」

グリップさんがぼそっと何か呟くと、黒い紫色の煙が私の周りを包んだ。

「あれは……闇魔法！」

アルフノーヴァさんが突然立ち上がると、その様子に隣の国王が怪訝な顔をする。

「闇魔法だと？」

国王がそう言うと周りの大臣達がゾワッついた。

「あの色は闇魔法独特の色です！　しかし人族には闇魔法は使えないはず」

「ミヅキは大丈夫か？　あの魔法はどんなものなんだ、これも試合の一環なのか？」

「わかりません。国王はここに、私は下におりて確認してまいります」

アルフノーヴァさんは近衛兵に警備を頼むと練習場へと向かった。

【あれは闇魔法だ！　あいつは人族ではないのか……ミヅキ大丈夫か？】

煙に囲まれて私の様子が見えないらしくシルバの慌てる声が聞こえてきた。

【シルバ～大丈夫だよー。なんだろこの煙幕？　グリップさんも忍者の末裔かなんかなのかな？】

私の声にシルバのホッとする感じが伝わってきた。

【それは闇魔法だ……】

シルバが言いづらそうに答えた。

【へーこれが……じゃ、グリップさんも私と同じ闇魔法持ちなんだ】

自分のステータスに闇魔法が書いてあったことを思い出す。

【……】

【シルバ？】

何故かシルバから返事がこない。

【ミヅキ、さっきは言えなかったんだが……落ち着いて聞いてくれ】

シルバの真剣な声にゴクリと唾を飲み耳を傾ける。

【闇魔法は人族は使えない魔法なんだ】

【でもシルバは使ってたよね？】

【俺は人族ではないからな、そして闇魔法を持つものは魔族に多い】

【魔族？】

【ああ……】

シルバは不安な気持ちを抱いているようだが、私はあっけらかんと答えた。

【魔族っているんだー！　会ってみたいね】

【えっ？】

【魔族ってどんな人達なのかな？　友達になれるといいなー、あっ！　空とか飛べるのかな？】

【ミヅキ……】

シルバは言葉が出てこないようだ。

「そろそろ……いいかな？」

呑気に会話しているとグリップさんが不敵に笑いだした。

「グリップ、その魔法はなんだ？」

アラン隊長がいつもと様子が違うグリップさんに話しかける。

「まだ勝負はついていません、手出ししないで下さいね。この魔法はじわじわと体を蝕んでいく……その煙が、人の穴という穴から入り込み、あっという間に肉を腐らせるんだ！」

グリップさんは勝ちを確信しているようで声を張り上げ笑いだした。

「グリップ！」

アラン隊長の怒った声にグリップさんは気にした様子もない。

「そう言えば、殺したら負けでしたっけ？　あーなら勝負は私の負けかな」

「貴様！」

アラン隊長が私の元に駆け寄り助けようとした。

「アラン！　近づいては駄目です。その煙に触ってはいけない！」

アルフノーヴァさんまでもが駆けつけてくる。

「もう遅い！　あの娘は十分に煙を吸い込んだ。じわじわとではあるが、もう中から溶けだしているはずだ！」

グリップさんが「アハハハ！」と高笑いをする。

「渦巻き～」

私が呑気な声で風魔法を放つと、煙が風に巻かれて空へと拡散されていく。

「グリップさん、あの魔法間違えてない？」

煙がなくなるとそこには先程と変わらぬ様子の私がいた。

「お、お前……あの魔法を喰らってなんともないのか？」

グリップさんが驚きヨロヨロっと後ずさる。

私は自分の体を見てみるが特に変わったようなところはなかった。

ぺたぺたと自分の体を触り確認してみると……「あっ！」とあることに気がつく。

「なんだ！」

「どうした！」

皆が心配して周りに集まって来てしまった。

「なんかちょっと成長した？」

自分の胸を触りキラキラの笑顔を見せた。

「ふざけんなよ！　ぺったんこのまんまだわ！」

「どこが成長してんだ！　絶壁（ぜっぺき）だろうが！」

ベイカーさんとアラン隊長が憤怒する。

カッチーン！

「それって酷くない？」

私は声の主達に手を向けると「ストーム！」と唱えた。

延長線上にいたグリップさんを巻き込んでベイカーさんとアラン隊長を壁まで吹き飛ばした。

「ミヅキ、死ぬわ！」

「いやぁ、ついつい本音がでちまった」

壁まで吹き飛ばされた二人はガラガラと瓦礫（がれき）を退かして元気に起き上がる。

「グリップは？」

アルフノーヴァさんが側に来ると、そこには完全に伸びているグリップさんがいた。

「なんかグリップ、様子がおかしかったな」

アラン隊長が様子を確認するアルフノーヴァさんにボソッと呟いた。

「彼がグリップなのか、そうでないのかこれから聞いてみます。彼は私が預かりますので」

アルフノーヴァさんはヒョイと掴むと軽い物でも運ぶように練習場を後にした。

◆

アルフノーヴァはグリップを抱えて国王の元に向かった。

「どうなっている。なぜこの男は闇魔法を使えたんだ！」

下で練習試合をする部隊達に聞こえないように、大臣達は話し出した。

「わかりません。私は今からこの男を調べます。なにかあれば知らせて下さい」

アルフノーヴァはそのままグリップを抱えて城の地下へと向かった。

◆

グリッさんが戦闘不能となり、微妙な空気の中魔法クラスの試合が終わった。

皆は切り替えて次の試合へと進む。

次は待ちに待ったアラン隊長とベイカーさんの戦い。どっちがシルバと対決することになるか今から楽しみで仕方なかった。

「アランチーム対ベイカーチーム！　試合はじめ！」

開始と同時に四人が凄い音を立ててぶつかり合う！

「やっとお前と戦えるな！」

「積年の恨み！　今こそはらす！」

不敵に笑うアラン隊長にベイカーさんが剣を押し付ける。

【シルバはどっちとも戦ったよね？　どっちが強かったの？】

【うーん？　ベイカーは本気でやったがアランはちょっと遊んだくらいだからな。ベイカーの方が若い分力は強そうだが、アランの方が戦い方が上手い……どっちが勝ってもおかしくないな】

ほー！　同じくらいなんだ。二人は言い合いながら剣を交えている。

「わっ！　アラン隊長の剣が燃えだした！」

炎の剣にびっくりしているとベイカーさんの剣も同じように燃えだした。

「ベイカーさんも同じことが出来るのですね」

セシルさんが驚いている。

「アラン隊長があんなに楽しそうにするのを久しぶりに見ました。思いっきり戦えて嬉しそうですね」

二人の戦いにセシルさんが苦笑いを浮かべる。

それに対してベイカーさんの怒りの表情……

「ベイカーさん怒ってるねー」

「アラン隊長がまた何か言っておちょくってるんですよ。バカ正直に反応するとあの人は更に面白がりますからね」

セシルさんが困ったようにため息をつく。この人も色々と苦労していそうだ。

「あっ、アラン隊長の攻撃を避けたらノーマンさんとユリウスさんに当たったよ！」

二人が心配で立ち上がると一歩前に出た。

「危ないから近づいたら駄目だよ」

しかしすぐに他の隊長達に止められる。

「ほら動いてるから大丈夫だよ、あのくらいユリウスなら平気だよ」

シリウスさんも心配ないと言うがハラハラしながら様子をうかがう。

「ノーマンも頑丈だから大丈夫よ、アラン隊長の側で油断してるのが悪いのよ。それにあの攻撃はわざとね」

どうもアラン隊長の方が一枚上手のようだ。

【ベイカーもいつもの調子が出てないな】

シルバがベイカーさんの動きを見て呟いた。

【えっ、そうなの？】

【力が入りすぎてるな】

うー！　私はもどかしくなり再び立ち上がると大声をあげる。

「ベイカーさーん頑張れー！　私が作った料理を食べてくれないのー！」

思わずベイカーさんにエールを送ってしまう。

「ミヅキ……」

ベイカーさんはアラン隊長から距離を取るとフーッと深く息を吐き落ち着きを取り戻す。

「なんだ？　ミヅキからの応援なんていいなぁ。そうだ、この勝負に俺が勝ったら一日ミヅキを貸してくれよ。俺が街を案内してやる」

「アランさんが行く必要ないだろ！　それに負ける気もないし案内なら俺がしてやる！」

ベイカーさんが剣を構えた。

「よし……」

ベイカーさんは一歩踏み出すと一瞬で距離を詰める。先程よりも早くなる速度にアラン隊長も一瞬驚くが見事に対応する。激しく剣を撃ち合っていると僅かにベイカーさんが押し始めた。

「くっ……そんなにミヅキが大事か？」

アラン隊長が剣をかわしながら聞いてくる。

「当たり前だ！」

ベイカーさんの腕に力が籠る。

「なら、あんなに不安そうな顔をさせてんじゃねーよ」

アラン隊長の言葉にベイカーさんの視線がこちらを向いた。

「戦ってる最中に余所見をするなよ！」

アラン隊長がベイカーさんのお腹を思いっきり蹴ると後ろに吹っ飛び砂埃をあげる。

「ベイカーさん！」

ベイカーさんは砂を巻き上げながら立ち上がるとこちらに向かって叫んだ。

「ミヅキ安心しろ！　アランさんとデートなんかさせないからな！」

ベイカーさんは気合いを入れて魔力を高める。

「いくぞぉー！　アラン！」

剣に火魔法を纏(まと)わせて振るうと炎の火柱がいくつも現れる。炎の竜巻はアラン隊長を囲んでいた。

ベイカーさんは風魔法で炎の竜巻を更に大きくするとアラン隊長の逃げ場を完全に塞いだ。

「ア、アラン隊長大丈夫？」

隊長達を見るが皆笑ってその戦いを見ていた。

「大丈夫よ～、ちょっと焼けるだろうけど死にはしないわ！」

「そうそう、アラン隊長にはあれくらいで十分だ」

皆辛辣……当のアラン隊長は逃げ場もなく炎にのまれていく……と思ったら炎に丸い穴がぽっかりと開いた。アラン隊長が中から炎の柱を斬りさきその間を飛び出して来た。

「ちっ！」

隊長達の方から舌打ちが聞こえる。しかしベイカーさんはその出口で待ち構えていた。

「アラ～ン！　死ねぇ～！」

いや！　殺したらダメだよ！　ベイカーさんはアラン隊長に渾身の力を込めて剣を振り下ろす！

「しまった！」

アラン隊長が慌てて剣で防ぐが、力を流しきれずに吹き飛ばされる。

「また吹き飛ばされた先にユリウスさん達が！」

ユリウスさん達は飛んできたアラン隊長に直撃して倒れてしまった。

「あれは伸びてますね」

カイト隊長がため息をつく。

「あの二人、周りに気を使って戦えないのかしら」

ミシェル隊長も頬を押さえて呆れていた。

「誰か、ノーマンとユリウスを回収に行ってくれ」

ガッツ隊長が指示を出すが誰も動かない。

「いや、さすがに彼らに近づくのはちょっと」

「巻き添えをくらいそうで」

兵士達が躊躇している。

「じゃ私が行ってくるよ！　回復魔法もかけられるし」

「「「「「駄目だ！」」」」」

【ミヅキ、俺が行こう。あいつらの攻撃など屁でもないからな】

皆に止められる中、シルバがサッと回収に行ってくれた。

ノーマンさんとユリウスさんを無事に回復させるが勝負は一向に終わらない。

「全然勝負がつかないねー」

些か私も二人の試合に飽きてきた。

「あの二人、勝ったとして次の試合まで持つのかしら？」

「「あ……」」

絶対無理だよね。気持ち最初よりスピード落ちてきている。

私達はなかなか終わらない試合をため息をついて眺めていた。

【まだ終わらんのか！】

シルバがなかなか終わらない試合にイライラしてきた。他の部隊兵達もお腹が空いて余裕がなくなってきている。

「いつまでやってるんだー！」

「さっさとのしちまえ！」

「そこだ！　やっちまえ！」

野次を飛ばして早く終わらせようとしていた。

【もういい！　俺が二人を相手にしてくる！】

【えっ？】

我慢の限界に達したシルバが駆け出して、戦う二人の元に走り出した。

「どうしよ～、シルバが二人を相手にしてくるって」

私は止めてもらおうと隊長達に伝えるが……

「それは丁度いいですね」

「次の試合はフェンリルさんとだから一石二鳥じゃないか？」

「ノーマンとユリウスさんもまだ回復したばかりだし、いっそあの二人のチームでいいんじゃない？」

誰もシルバを止める気はないようだ。

「あっシルバに気がついた」

ベイカーさんとアラン隊長はシルバの出現に慌てている。

「おっ、ちゃんと協力して戦ってるわ」

「あー、疲れが残ってますね、技にキレがありません」

長引いた試合のせいで二人ともまともに動けないでいるとシルバの重い一撃を食らってしまう。

「ベイカーさん！　アラン隊長！」

二人がシルバに叩かれて場外へと吹っ飛んだ。

「ど、どうしよう？」

私が慌てて皆を見ると「「「やったー！　試合終了だー！」」」と部隊兵達は立ち上がって喜んだ。

「えっ？」

「いやーよかったよかった！」

「お疲れっす」

「み、みんなアラン隊長とベイカーさんを助けに行かないの？」

「「「大丈夫、大丈夫」」」

【ミヅキー！　俺が優勝だろ？】

シルバは二人を仕留めたと意気揚々と尻尾を振って戻ってきた。

【シルバ、なんであんなに吹き飛ばしたの！　ベイカーさん達大丈夫なの？】

【大丈夫だ、軽く投げ出しただけだから！　気がついたら戻って来るだろ。だから早く飯にしよう】

「さぁミヅキさん、カレーの準備をしましょう！」

ジェフさん達が待ってましたといそいそと準備を始める。

周りの空気もご飯を食べる事でいっぱいのようだ。

いいのかなぁ……アラン隊長とベイカーさんが吹き飛ばされた方角を心配そうに見つめた。

四　再会

「では隊長、副隊長クラス優勝はシルバチーム！」

『わー！』と拍手と共にシルバとコジローさんが皆の前に出た。

「魔法クラス優勝はミヅキ！」

『うぉー！　わー！』

先程より激しい歓声に照れながら前に出る。

「剣技クラス優勝はコリン！」

剣技クラスはコリンさんが勝ったみたいだ。皆から喝采と拍手を貰い、いよいよ優勝賞品を渡すことになる。

「ミヅキさん、料理を仕上げていきましょう！」

「はい！」

ジェフさんの言葉に元気よく返事をして、皆に少し待っててもらうことに。

まずは鍋を用意して油を温め、下処理した食材をその場で揚げていく。

「ルドルフさん達はカレーを温めて下さい！」

『了解です！』

【シルバ～、具材は何が食べたい？】

【全部のせてくれ！】

まずは優勝したシルバに聞くが、シルバはヨダレを垂らしながら揚げられた具材を見つめている。

「コジローさんとコリンさんは？　具材何にしますか？」

「シルバさんと一緒で全部でお願いします！」

コジローさんが珍しく大声で答えると、コリンさんがその手があったかと驚いている。

「全部のせていいのか？　ミヅキちゃん、俺も全部で！」

「ふふふ、はいはい。優勝したんだから、たっくさん食べて下さいね」

「コ、コリン～。少し残しておいてくれよ～」

「この匂い……た、たまらん。ミヅキ、俺にはないのか？」

近くでした声に振り向くと、国王がじぃーとシルバのカレーを見つめていた。

「えー？　国王様は参加してないしー」

「そこを何とか！　な、皆いいよな？」

皆が何も答えないで、あからさまに嫌そうな顔をする。

「な、なんだその顔！　いいじゃないか、ちょっとくらい」

「国王様、カレーならあるからみんなと食べて下さい。贔屓は駄目です」

「クッ……わ、わかった」

国王はすごすごとジェフさんの元に向かうが、あちらでも無茶を言っているようだった。国王はほっといて、まずは優勝者の分を用意する。

【はいシルバ！　カレー全部のせスペシャル！】

シルバ用の大きなお皿にご飯とカレーを盛る。

そしてルーとご飯の間ににエビフライ、グリフォンカツ、コカトリスカツをのせる。

ルーの上には温泉卵をポトンと落とし、ご飯の上にチーズをかけると熱さでトロッと溶けだした。

最後に色とりどりの野菜の素揚げをのせてシルバの前にお皿を置く。周りには豪華なカレーを見ようと人が集まっていた。

【では、いただく！】

【どうぞ召し上がれ、熱いから気をつけてね】

嬉しそうにしているシルバの様子を笑顔で見つめる。シルバはまずカツに口を付ける。

サクサクサク！　揚げたてのいい音がする。

シルバはそのままカレーにいくと一口食べて目を見開き、少し止まった後は無言でカレーをかき込んでいく。ゴクッ……見てる皆の喉が鳴った。

「なんて美味そうに食うんだ」

「どんな味なんだろう」

「匂いが、匂いが、ジュルル……」

シルバが凄い勢いで食べているので私はコジローさんとコリンさんの分を用意することにした。

シルバと同じように具材をのせてあげる。

「はい、コジローさんもコリンさんもどうぞ！　スプーンで食べてね！」

「「いただきます！」」

二人がカレーをスプーンいっぱいに掬うと大きな口を開けて食べていく。

「辛っ！　美味っ！　やばい！」

コリンさんが思うがまま声に出ている。

「コジローさん！　このカツやばいです。すっげえ柔らかくて美味い！」

コリンさんの言葉にコジローさんが口をもぐもぐしながら頷き、ごくんとカレーを飲み込む。

「コリンさん、チーズと卵をカレーに混ぜて下さい。味がまろやかになって凄い美味しいですよ」

「何！　どれ！」

コリンさんがコジローさんに教えてもらった通りにして食べる。

「な、や、ま、う～～～まい！」

美味しさのあまり言葉になってない。二人のやり取りを羨ましそうに見つめる部隊兵達……その顔があまりにも哀れになってきた。

「つ、次は代表になった人達ね、その後に皆の分もあるからね。チーズと卵と野菜は沢山あるから皆にも行き渡ると思うんだ」

「えっ？　俺達もアレを食べていいの？」

「もちろん、今日一日一生懸命頑張ったもんね。カレーを食べてまた王都の皆の為に強くなって下さいね」

私はまだまだ食べそうな皆の為に沢山揚げなきゃと料理を作りに戻った。

「聞いたか、俺達の分もあるってよ」

「負けたのに俺達にまでご褒美があるなんて」

「次は強くなってやる！」

「次こそは、ミヅキちゃんからどうぞって全部のせを貰うんだ！」

「よし！　手が空いてるやつはミヅキちゃんと料理人達の手伝いだ！」

『おー！』

皆の手伝いもあって準備が早めに終わり、ジェフさんがカレーを持ってきてくれる。

「あっ、ジェフさん達も食べて下さいね！」

皆にカレーが行き届いたのを見届けたあと、ジェフさんが私の側にニコニコしながらやってきた。

「私が残しておいたカツを揚げておきました。ミヅキさん、魔法クラス優勝おめでとうございます」

「えっ？　私の？」

「ええ、もちろん！」

ジェフさんの後ろには手伝ってくれた皆が優しい笑顔で頷いてくれる。

「でも私は途中参加だし……作った本人なのに……」

受け取るのを戸惑っていると、カレーを食べていた皆が声をかけてきた。

「ミヅキちゃん一緒に食べよう！」

「こんな美味しいのを一緒に食べれないなんて納得出来ないよ！」

「そうよ～、本当に美味しいわ～。ほっぺたが落ちそうよ～」

「ミヅキこっちで一緒に食べよう！」

隊長達がおいでおいでと手を振っている。

「ジェフさんありがとう！　皆もありがとう！」

ペコッと頭を下げると隊長達の席に向かった。

「作った子がお礼を言うなんていい子だな」

皆がホッコリとした気持ちで美味しいカレーに大満足していた。

あれ？　そう言えば、何かを忘れているような……？

変な違和感はあったが美味しいご飯に気を取られ、皆でワイワイご飯を食べていると懐かしい声が聞こえてきた。

「外にゴミが落ちていましたよ」

そこには、気を失ったベイカーさんとアランさんを軽々と引きずりながら笑っているセバスさんが立っていた。

私はセバスさんを見つめると、時間が停止したように周りの声が聞こえなくなる。

食べかけのカレーをほっぽり出してセバスさんの元へ走り出した。

しかし、視界がどんどん涙で見えなくなった。

「せぇ、せぇばしゅさぁ～ん！」

懐かしさに涙で顔をぐちゃぐちゃにしながら突進する。セバスさんはゴミのようにベイカーさんとアランさんを放り投げて、私を受け止めてくれた。

「ミヅキさん、何だか凄く久しぶりに感じますね」

私の顔を覗き込み、涙を拭きながら優しげに笑いかけてくれる。

「可愛い顔が台無しですよ」

「せぇばしゅさん……なっ、なんで？」

なんで王都にいるの？　と聞きたいがしゃくりあげて言葉が出ない。

「ミヅキさんの噂が町にまできていまして、気が気じゃなくてつい来てしまいました。会ったらどんなに怒ってあげましょうかと思っていたのですが、ダメですね。ミヅキさんの顔を見たらそんな思いは吹き飛んでしまいましたよ」

そう言って困ったように笑っている。

「ご、ごめんなしゃーい、いっ、ご、ごめっ」

セバスさんの首に抱きついて心配させたことを謝り続ける。

「あとで何があったのかお話を聞かせて下さいね。さぁ、もう湿っぽいのはおしまいです」

背中を優しくさすってくれると、次第に落ち着きを取り戻す。

「セ、セバスさん、会いたかった……です」

泣きわめいたことが恥ずかしくなり、うかがうように嬉しい気持ちを素直に伝えた。

「ギルマスの制止を振り切って会いに来てよかった」

「えっ？」

「なんでもありませんよ」

ニッコリとセバスさんがいつものように笑っている。そのことが何だかとっても嬉しかった。

「お取り込み中すみません」

セシルさんが恐る恐るそんな私達に声をかけてきた。

「後ろの人達は？」

後ろ？　セバスさんの後ろを覗き見ると、そこにはボロボロになったベイカーさん達の姿があった。

「べ、ベイカーさんとアラン隊長！」

セバスさんから離れて二人の元に行こうとするが、セバスさんが離してくれない。

「セバスさん、ベイカーさん達が！」

「ああ、あのゴミですか？　外に落ちてましたよ。他の方に迷惑になりそうなので仕方なく拾ってきました」

セバスさんが真っ黒く笑っている。逆らわない方が良さそうな笑顔だ……一緒にいたセシルさんも思わず黙っている。

そしてさっきまで賑やかだったのに、周りを見るといつの間にか国王と大臣達が消えていた。

あれ、さっきまで近くでカレー食べてたよね？

「おや、勘のいい方達はきちんと仕事に戻ったようですね」

セバスさんが感心したように言うとベイカーさんを冷たく見下ろした。

「この人達はミヅキさんの側にもいないで外で何をしていたのでしょうか？　それにこの香りは？」

セバスさんが皆が食べていたカレーに気がついた。

「セバスさんも私が作ったカレー食べてみて！　今日は王都部隊の練習に参加させてもらって、そのお礼に料理を作ったんだよ」

急いでカレーをよそうとセバスさんを席へと手を引いて連れて行く。

「セバスさんは私の隣ね！」

「はい、はい。おや？　何だか見た顔がありますね？」

セバスさんがデボットさんをじーっと見つめた。

「そ、その……あの時はお手間をお掛けしました」

デボットさんは立ち上がり九十度に頭を下げた。

「デボットさんはね、奴隷として私が買い取ったの」

「ほぅ……奴隷を買ったのですか？」

「デボットさんは王都で私のことを助けてくれたんだよ！　ねー！」

私がセバスさんに説明しながら笑うと、デボットさんが言わなくていいと慌てて首を振る。

「ミヅキさんが誘拐されたと聞きましたが、まさか関係が？」

ギクッ！

「セバスさん、なんでそれを？」

「王都に行っていた冒険者達が町に寄って教えてくれましてね」

そう言うとコジローさんが思い当たる節があるのか、しまったと顔を歪める。

「その時に怪我をしたとも聞きましたが？」

私の体をじっくりと確認するがもちろん怪我など残っていない。

しかし、先程の試合で負った傷に気がつき頬に触れる。

「ここは？」

「えっと、さっき魔法で試合をしたからその時かな？」

「魔法で試合？」

「はい！　シルバもベイカーさんも出ていいって！」

【ミヅキ、今は言うな！】

シルバが気配を消していたのに慌てて声をかけてきた。

「シルバさんがいながら、全くベイカーさんも何をしているんだ」

セバスさんの機嫌が悪くなったのでギュッと袖を掴んで謝った。

「二人を怒らないで下さい。私が出たいって無理を言ったんです。怒るなら私を怒って下さい」

ごめんなさいと頭を下げると「ふーっ」とため息が頭の上で聞こえた。

「他にも言うことはありますか？」

「えっと……何だろ、なんかあったっけ？」

周りを見るとデボットさんがコソッと耳打ちしてくれる。

「ミヅキ、ドラゴンやイチカ達やリュカやギース達にそこにいるコハクのことも伝えた方がいいんじゃないか？」

伝えることがありすぎた。

「うんとね……たっくさん知り合いが増えました！　新しい従魔と友達も！」

コハクを呼ぶとピョンッと可愛らしくお膝に乗った。

「ケイパーフォックスのコハクです。あとねドラゴンのプルシアって子も友達になったの」

あとね！　あとね！　と興奮して話していると、唖然としていたセバスさんが肩の力が抜けたように笑った。

「色々とあったようですね。とりあえず無事で楽しそうにしていてくれてよかったです」

頭を撫でてくれ、私の話を楽しんで聞いてくれた。

「では、ミヅキさんが作ってくれたご飯をいただきますね」

セバスさんがカレーを口に運ぶと驚いて口をおおった。

「これは……なるほどこんな料理を王都で惜しげもなく披露したのですね。噂になるはずです」

セバスさんの反応に美味しくなかったのかと心配になり、顔を覗きんだ。

「セバスさん、美味しくなかった？」

「いえ、大変美味しいです。しかし心配です。こんな美味しい料理を作っているのがこんなに可愛い子だと知られたら、皆の奪い合いになってしまいます」

「ふふふ、そんなことないよ。でも喜んでくれて嬉しいです。ありがとうございます」

素直に喜ぶ私にセバスさんは苦笑していた。

「う、うーん……」

騒がしい声に、ほっとかれていたベイカーさん達が気がついたようで、唸り声をあげながら目を覚ました。

「あてて、何だか全身が痛いぞ」

立ち上がろうとすると何だか背中が特に痛むのか押さえている。

腰を支えながら起き上がり、周りの様子をうかがっているとこちらに気がついた。

「げっ！　セ、セバスさん？」

「何、セバス！」

ベイカーさんの声にアラン隊長がガバッと起き上がった。

「おや？　お二人共、やっとお目覚めですか」

セバスさんが頬杖をつきながらニッコリと笑いかけた。すると二人は引きつった顔で後退りをする。

「な、なんでセバスさんが王都に？　えっ、町の仕事は？」

「お休みを貰いました」

「はぁ？　休みなんて取ったことなかったじゃねーか。いくら休めって言っても休まなかったくせに今頃なんで？」

「なんで？　今、なんでと聞きましたか？」

セバスさんが真顔で立ち上がる。アラン隊長はサッとセシルさんの後ろに反射的に逃げた。

セバスさんはゆっくりと歩きながらベイカーさんに近づきながらそのわけを話し出した。

「ベイカーさん、私は町を出る時にミヅキさんのことを、よーく頼みましたよね」

「は、はい！」

ベイカーさんが姿勢を正し背筋をぴーんと伸ばした。

「あなたがいるからと送り出して見ればどうでしょう。ギルドの報告ではミヅキさんが誘拐されたと聞きましたが？」

「な、なんでそれを！」

ベイカーさんは誰が知らせたんだとコジローさんとデボットさんの顔を睨みつけた。

「コジローさんと一緒に王都に行かせた冒険者達から聞きました。しかも怪我をさせたとか……？」

ビクッ！

「セ、セバスさん？」

私はセバスさんを止めようとしたが、黙ってろと手を差し出されて制止させられた。

「す、すまない……あれは俺のミスだ、何をされても文句は言えない。セバス、気が済むまで俺を殴ってくれていい」

ベイカーさんが王都に来て誘拐された事件のことを思い出したのか、苦々しげに顔を歪めた。

「まぁ、おしお……罰は詳しく話を聞いてからにしますかね。殴るのはいつでも出来ますから」

セバスさん……殴る気なんだ。ギュッとセバスさんの服を掴んで見つめると、セバスさんは私に気が付き心配ないと優しく微笑んだ。

「大丈夫ですよ、殺したりはしませんからね」

「まぁ、ベイカーさんはまだ素直な方ですから、自分からミヅキさんを危険な目に合わせようなんて馬鹿なことはしないでしょう」

「当たり前だ！　俺はいつも気をつけていたんだが……」

ベイカーさんはチラッと私の方を見る。

「エヘ」

注目を浴びて笑って誤魔化す。

「それにしても先程は、何故外で寝ていたんですか？」

「ああ、それはアランさんと勝負しててなかなか決着がつかなかないでいたら、シルバが乱入してきて吹っ飛ばされた。その時に背中を打ったみたいだ、イテテ……」

ベイカーさんは伸ばしていた腰を曲げて痛そうに背中をさする。

「俺もだ、なんかすっげー背中が痛え」

アラン隊長が機嫌の良さそうなセバスさんを見て前に出てくると笑顔で同意する。

「ああ、それは私が踏みつけたからでしょう。ゴミかと思って踏んでしまいました、すみませんね」

セバスさんが悪びれる様子もなく軽く謝る。

「何だよセバス！　久しぶりに会ったのにそんな態度だとミヅキに嫌われるぞ」

余計なことを言うなと周りがアラン隊長を見る。

しかしセバスさんは気にした様子はない。

「ミヅキさんはそんなことで私を嫌いになんかなりませんよ」

セバスさんが勝ち誇ったように笑った。

「もちろんです。そんな優しいセバスさん、今日一緒に寝てもいい？」

「もちろんです！」

セバスさんは私を抱き上げると席に座らせてベイカーさん達を無視して食事の続きを始めた。

セバスさんの空気が柔らかくなったことに皆がホッとする。

「あっー！　なんで皆飯食ってるんだよ！」

アラン隊長が皆が食べてるカレーに気がついた。

「ちゃんとアラン隊長とベイカーさんの分も残してあるよ」

私がそう言うと二人はホッと胸を撫で下ろす。そんな様子に苦笑してカレーをよそってきてあげた。

「「いただきます！」」

二人して体の痛みも忘れてカレーをかき込む。

「どうですか？」

美味しそうに食べる二人の様子をニコニコと見ていた。

「「美味い！　おかわり！」」

双子のように息ぴったりなんですけど……

「アランさんよりも多く盛ってくれ！」

「なんだと！　俺はベイカーの倍で！」

「カッチーン！　俺はその倍でいいから」

「てめぇ！　いい加減にしろよ！」

アラン隊長がベイカーさんの胸ぐらを掴む。

「いい加減にしなさいよ、あんた達。さっきそれでミヅキちゃんを泣かしたの忘れたの⁉」

ミシェル隊長の言葉に皆が視線を向けると、ミシェル隊長は「あっ！」と、口元を押さえる。

「さぁ、もう今日の練習は終わりだ！　皆後片付けをしろ。ミヅキは今回準備を頑張ってくれたから、パック、休憩室に案内してやって休ませてやるんだ」

カイト隊長が話を変えるように立ち上がり指示を出す。

「えっ、大丈夫だよ、片付け私も手伝うよ」

お皿を運ぼうとすると、パックさんが素早くお皿を取り上げて私を抱き上げて走り出した。

「パックさん？」

見かけによらずがっちりとした体に振り下ろされないようにしがみつく。

「いいから、避難……じゃないくて休憩室に急ぐよ！」

パックさんを見ると汗をかいている。

「パックさん？　重いなら自分で歩くから下ろしていいよ」

「これは冷や汗だから大丈夫、それよりスピードあげるから舌噛まないでね！」

パックさんはギュンとスピードをあげて走り出した。私は慌ててパックさんにしがみついた。

◆

「さて……隊長達の素晴らしい判断でミヅキさんが避難してくれたので、あなた達に聞きたいことがあります」

セバスさんが立ち上がり俺とアランさんを冷ややかな目で見下ろす。

「はい……」

背中に寒気を覚えながら諦めたように大人しく返事をした。

「いや俺は違うぞ！　こいつが喧嘩を売ってきたんだからな」

アランさんは諦めが悪く、俺を指さし自分は悪くないと悪あがきをする。

「まぁまぁセバス、そんな怒るなよ。別にいじめて泣かせたわけじゃないぞ、ちょっと頭に血がのぼって、ついミヅキって気がつかないで睨んじまっただけだから」

なぁ！　と笑って俺の肩を叩く……その言葉にサーっと血の気が引くと自分でも顔色が悪くなっていくのを感じた。そんな顔色の俺を見てアランさんがビクッと寒気を感じたのか肩が跳ねた。

「ベイカー……睨んだというのは本当か？」

セバスさんの口調が変わった。

「ああ……いえ、はい」

「何故そんなことをした、あの日にした約束を忘れたのか？」

ミヅキを泣かせてしまった時のことを思い出し顔が歪んだ。

「忘れてない！　忘れてないが興奮して我を忘れていた。すまない」

スっと頭を下げると空の様子がおかしくなりゴロゴロと王都の空に黒雲が漂う。

ドガーン！

俺とアランさんの前に突然雷が落ちた。

「べ、ベイカーさんはその後、シルバにこっぴどくやられましたから……しかもだいぶ反省もしております」

皆が凍りつくなかデボットが怯えながらフォローをしてくれた。

「お前は黙っていろ……」

「はい……」

一喝されてすごすごと大人しく後ろに下がる。

「いいんだデボット、悲しませないと約束したあいつを泣かせたのは本当だ。しかも睨むなんて自分のことながら許せない」

「全くだ。しかもベイカーが睨んだことが問題がある。ミヅキさんが一番信頼を置いている相手に睨まれる、それがどんなにあの子を傷つけるかわかっているのか！」

バッシーン！　セバスさんに言われて俺は自分の頬を思いっきり叩いた。

「セバスさんの言う通りだ、自分で自分が許せん。セバスさん、思いっきり叩いてくれ！」

「いい覚悟です」

少し冷静さを取り戻したセバスさんは腕をあげると俺の胸元を掴んだ。

「あまりやってもミヅキさんが悲しみますからね、今回はビンタで勘弁してあげましょう」

セバスさんは腕を振り上げ左頬目掛けて腕を振り抜いた。

バッチーン!!

先程より大きな音がして気がつくと横に吹っ飛んでいた。

壁に叩きつけられガラガラと瓦礫(がれき)が体の上に落ちてくる。

「お、おい、ベイカー？」

アランさんが呼びかけてくるが、返事を返す余裕がない。

「セバス、やりすぎだろ！　お前、今魔法で強化しただろ！」

「なんのことですか？　それよりアラン、あなたも来なさい」

セバスさんが叩いてやると手を振っている。

「い、嫌だ！　あんなの見て誰が受けるもんか」

パチン！　セバスさんはすかさず、逃げようとしたアランさんの足場を魔法で固める。

「うわぁ！」

アランさんは足を土で固められ盛大に転んでしまった。

「全く お前は相変わらず往生際が悪い」

セバスさんがゆっくりとアランさんに近づいていくと、アランさんは両手を合わせて頭を下げた。

「ビンタは勘弁してくれ！」

「わかりました……」

セバスさんは少し間を置いて考えると仕方ないと頷く。その答えにアランさんはホッとした顔を見せた。

「ならアランは拳骨ですね」

「それ痛み変わんねーし！」

ドッゴン！　アランさんは頭に拳骨をくらい、そのまま前の前のめりで倒れた。

「アラン隊長？」

セシルが地面に沈んだアランさんに呼びかけるが返事がない。

俺の方はデボットが一生懸命瓦礫を退かし引きずり起こしてくれた。どうにか支えられ戻ってくるが顔が異様に痛い。見せてもらうと頬が赤黒く腫れ上がっている。

「だいぶあなたもまいっているようですからね。これ以上怪我でもされたら、ミヅキさんがさらに心配して傷つきそうなのでこれぐらいにしておきます。しかし、次にこんなことがあったら問答無用で私がミヅキさんを引き取りますからね！」

「わがっだ……」

口の中も切れて上手く返事ができない中、どうにか頷く。

「それとアラン！　お前は部隊長になって少しは成長したかと思えば、何も変わってないな！」

セバスさんが地面で泡を吹いているアランさんに近づき胸ぐらをつかみ起こすと頬を叩く。

「お前は後でさらに個人的に指導してやる。セシルさんと言いましたね、アランによく言っておいて下さい。とりあえず今はミヅキさんを待たせているからこれで終わりにしておきますが、反省の意味を込めてここの片付けは二人でしておきなさい！」

「ぶだりで？」

「何か文句でも？」

セバスさんがニッコリと笑う。

「いいえ！」

ぶんぶんと慌てて首を振る。

「アラン！　わかりましたか！」

「わか……った」

二人の返事を確認してセバスさんはミヅキの元へと向かった。

◆

「セバスさん！」

私はようやく戻ってきたセバスさんに駆け寄ると足に抱きついた。

「お待たせしました」

いつもの優しい笑顔にほっとして笑うと、セバスさんが抱きあげてくれる。

「お片付けは終わったの？」

「ええ、アランさんとベイカーさんが進んでやってくれています。先に帰っていいそうなのでミヅキさんの王都での様子を見せて下さい」

「ベイカーさんを置いて帰るの？」

なんか心配になり確認する。

「片付けが終わったら飛んで帰ってきますよ。ちょっと先程転んでいたようなので、少し遅くなるかも知れませんが、あれでもミヅキさんの保護者なんですからね。でも今は、久しぶりに私に独占させて下さい」

なんか恥ずかしいけど、凄く嬉しい。

「セバスさんに王都のドラゴン亭を案内しますね。新しい料理もたっくさん作ったんですよ！　あの髪飾り（かみかざ）りも従業員の皆が付けてるんです」

「ああ、あの鬼人が持っていた物ですね」

「え？」

「いえ、なんでもありません。それでどうしたのですか？」

セバスさんが先を聞きたがった。

「髪飾り（かみかざ）りも人気で、マルコさんが沢山作って他の商会にも配っているみたいです」

「そんなに広まっているんですか？」

「あとね、リバーシっていう娯楽道具も作りました。神木様の木で作って国王様に献上したんです。後でセバスさんにも教えますね！」

「し、神木……リバーシを国王に献上？」

セバスさんは、最初は笑顔で聞いていたのに次第に顔がひきつりだす。

「あとは鬼人も倒して鬼殺しの称号がついちゃったの……可愛くないけどセバスさんはどう思う？」

「ミヅキさんが鬼人と遭遇したのですか？」

心配そうに聞いてくる。

「シルバ達と狩りに行ったら遭遇したの。気持ち悪かったけど、シンクとコハクがあっという間にやっつけてくれたんだよ！」

「そうですか、とても優秀な従魔達ですね」

セバスさんにシンク達を褒められて嬉しくなる。

「うん！」

「案内は少し待っていてもらえますか？　国王と師匠に挨拶をしてきますので、終わったら一緒に帰りましょうね」

「はーい」

それまでシルバ達の傍から離れないようにと念を押されて、私はわかりましたとシルバ達の側に行った。それを確認してセバスさんはパックさん達に声をかける。

「国王様とアルフノーヴァさんへのお取次ぎをお願い出来ますか？」

「了解です、少しお待ち下さい」

パックさんは急いで部屋を飛び出していった。

◆

ノックの音に国王が顔をあげて頷くと、従者が扉を開ける。

「ああ、セバス、よく来たな！」

国王が笑顔で挨拶をするので私は頭を下げて話し出した。

「先程は失礼致しました。挨拶をしようと思いましたら、もうお姿が見えなかったもので……」

「あ、ああ、ちょっと部隊練習の視察に行ってたんだが、仕事もあるので少しだけ顔を出したんだ。ちょうど入れ違いになったみたいだな」

目を逸らしながら笑っている。

「そうですか、大臣達と全員で視察とは大変仲のよろしいことです。まぁ、仕事が終わっているのなら何も言うことはありませんが……」

「もちろん！　終わってから行ったに決まってる。なぁ？」

周りの大臣達もうんうんと頷く。

「アルフノーヴァさんは？」

「今、取り調べを行っていてな。そう言えばなかなか帰って来ないな」

「アルフノーヴァさんが取り調べを？」

「ミヅキと魔法で試合をした者で闇魔法を使った者がいたのだ」

少し場の空気が変わり国王も真剣な顔付きになる。

「ミヅキさんに闇魔法を⁉」

「ああ、ミヅキはあの通り怪我もなかったのだが、もし何かあの子から聞けたらよろしく頼む」

「わかりました、帰って聞いておきましょう。あと、神木を献上したと言っておりましたが……」

「そうなんだ！　あれは素晴らしい！　国宝として大切に扱うことになった。しかも、ミヅキの作ったゲームがまた凄いぞ、それも帰って聞くといい」

「そうですか、ミヅキさんはこちらでも色々とやっていたようですね」

思っていた以上にやらかしているようで少し頭が痛くなった。

「ま、まぁ、詳しいことは本人とベイカーからよく聞いてくれ」

「わかりました。また、何かあれば出向きますのでよろしくお願い致します」

「また来るのか……」

「何か？」

「いや！　待っている」

慌てて首を振る国王に頭を下げると、部屋を出ていった。

扉の向こうから国王と大臣の盛大な溜息が聞こえてきた。

五　溺愛

私とセバスさん達はベイカーさんを置いてドラゴン亭に帰ることになった。

「それでは皆さん、今日はお世話になりました。また機会がありましたらよろしくお願いします。アラン隊長にもよろしくお伝えください」

部隊兵の皆に別れの挨拶をする。

「また是非参加しに来てくれ、店の方にも食べに行くからな」

カイト隊長が惜しむように頭を撫でてくれた。

「またうまい飯を食わしてくれよ」

エドさんがその隣でまたなと手をあげる。

「フェンリルさんと手合わせをまたお願いします」

コソッとガッツ隊長が耳打ちしてきたので笑って頷く。

「ミヅキちゃん、またチーム組んでリベンジしようね！」

了解っとパックさんと手をパンと合わせた。

「今度は一緒にお出かけしましょうね～、ミヅキちゃんとお洋服とか見たいわぁ～」

ミシェル隊長にはぷにぷにとほっぺをつつかれる。

「合同練習もまた来てくださいね」

ノーマンさんは真面目に腰を下げた。

「まぁ、また来てもいいぞ」

タナカ隊長がプイっとそっぽを向くと、オリバーさんがパンッとタナカ隊長の頭を叩いた。

「また素直じゃないんだから、ゴメンなミヅキちゃん、通訳するとまた来てくれってことだから」

「はい！　オリバーさん、タナカ隊長はツンデレだから大丈夫です」

「つんでれ……なんだそれ？　すっげぇやな言葉な気がする」

「可愛いって意味ですよ」

ふふふと笑うとタナカ隊長は顔を顰(しか)めている。

「では帰りましょうか」

セバスさんに手を差し出されてギュッと握り返すと、皆に手を振って帰った。

途中寄り道をしつつドラゴン亭に着く。ルンバさんやリリアンさん、ポルクスさんはセバスさんを見ると何があったのかとびっくりしていた。

しかし、私と手を繋ぎニコニコと嬉しそうなセバスさんの様子を見て察したのか、苦笑しつつ王都まで来たことを喜んでくれた。

「皆さんもお元気そうでよかったです」

セバスさんが皆に挨拶をする。

「なんだ、セバスさん。我慢できずにここまで来たのかい？」

リリアンさんが笑ってからかった。

「よからぬ噂が町まできまして、つい心配になってしまいました」

「ごめんなさい。ミヅキちゃんはあの時私を庇ってくれたのよ、だからあんまり怒らないであげて」

リリアンさんがすまなそうにするので、セバスさんの服を引っ張ってこいこいと手招きする。

セバスさんが気がついて顔を近づけてくれたので、コソッと耳打ちをした。

「実はリリアンさん、赤ちゃんが出来たの」

セバスさんはニッコリ笑って嬉しそうにする私に驚いた顔を見せる。そんな様子を見て、ルンバさんとリリアンさんは恥ずかしそうに寄り添い合う。

「そうですか、それはおめでとうございます。あまり無理をされないように気をつけて下さいね。町の皆もお二人のお帰りを首を長くして待っておりますよ」

「そうね、そんなわけだし、王都での滞在はあと少しにしようと思っているのよ。町に戻るのも楽しみだけど、なんだか少し寂しいわね」

忙しそうに働いているイチカ達を見る。

「リリアンさんは無理しちゃ駄目だよ。オイトの為にもゆっくり休んでなきゃ！」

リリアンさんのお腹に優しく抱きつき、愛おしく撫でた。

「もう名前がついているのですか？」

セバスさんが驚いて聞いてくる。

「ミヅキちゃんがつけてくれたのよ」

リリアンさんが嬉しそうに笑って答えた。

「しかしまだ性別もわからないのでは？」

「それが…ミヅキちゃんが絶対に男の子だって言うのよ。名前も付けちゃったら、私達も何だかそんな気がしてるの」

穏やかな顔で自分のお腹を見つめるリリアンさんはすっかり母の顔になっていた。

「もうすっかり母親の顔になりましたね。ミヅキさんが言うと本当にそうなりそうだから不思議です」

「絶対そうなんだから！　約束したんだ、オイトくんが大きくなったら私が料理を教えてあげるって」

「それは頼もしい跡取りになりそうですね」

セバスさんの言葉にポルクスさんが反応した。

「そんなぁ……ルンバさんの一番弟子は俺なのに」

「ポルクスさんはもう弟子じゃないでしょー」

うなだれるポルクスさんにそう言うと驚いた顔を向ける。

「俺って破門（はもん）？　なんかしたかー!?」

ポルクスさんは慌ててルンバさんに迫った。

「もう お前は一人前だ。リリアンやミヅキとも話したんだが、この王都のドラゴン亭はお前が引き継いでくれ」

「えっ、ここを？」

「ああ、マルコさんからも続けてくれとずっと言われていてな。だが、リリアンもこれから動けなくなるし、俺達はやっぱりあの町でのんびりやっていくのが合ってるってことになってな。お前にならここを任せられる」

「ルンバさん」

「テリーさんも助っ人に寄越すから面倒見てあげてね！　あとゴウもいるし、イチカ達もいるしねぇ～」

私はニヤニヤと笑う。

「な、なんでそこでイチカちゃんの名前が出るんだよ」

ポルクスさんが明らかに動揺する。

「私はイチカ達って言ったんだよ～、イチカだけなんて言ってないけどなぁ～」

「し、しかし、イチカちゃんやゴウはミヅキちゃんの奴隷だから、一緒に町に帰るんだろ」

「えっ、イチカ達はここに残るよ」

何を言ってんのと私はとぼけた。

「えっ、なんで？」

私はポルクスさんに小さい声で説明する。

「イチカ達にはまだ内緒だけど、奴隷のお金はすっかり完済してるんだよ。皆は奴隷なんかじゃなくなるよ。ドラゴン亭が思いのほか大繁盛したからね～、働いてる皆はもう十分に食べていけるくらい稼いでるの」

「そ、そうなのか……」

「うん、だから気にせずイチカにアタックしていいからね！」

「な、何を言うんだ、ミヅキちゃん！」

ポルクスさんの反応にセバスさんやルンバさんが驚くが、リリアンさんは私と同じようにニコニコと笑っている。

「お前は知ってたのか？」

ルンバさんが、驚いていないリリアンさんに声をかけた。

「そりゃあねぇ、あからさまに態度に出てたでしょ」

「ねー！」と私と顔を合わせて笑い合う。

「イチカはちょっと鈍感だから、ちゃんと言わないと気がつかないよ。ポルクスさんのことは嫌いじゃないから大丈夫じゃないかな」

「嫌いじゃないって、好きって意味じゃないだろ」

「まぁ、そこは若いお二人で……」

「俺達より若いヤツに言われたくないわ！」

からかいがいのあるポルクスさんを見てクスクス笑う。

「まぁ、それは置いといて、ポルクス。急な話になってしまったが、ここを任せてもいいか？」

ルンバさんが真剣な顔でポルクスさんに確認すると、ポルクスさんも手を止めてルンバさんに向き合った。

「ありがとうございます！　精一杯務めさせてもらいます！」

私は二人が嬉しそうに手を握り合っている様子を満足気に見つめた。

すっかりやる気のポルクスさん達に挨拶をしてドラゴン亭を後にしながら、セバスさんと手を繋ぎマルコさんの屋敷へと向かう。

「ミヅキさんはすっかり頼もしくなりましたね」

セバスさんが少し寂しそうに遠くを見ながら呟いた。

「まだまだ助けが必要だと思っていましたが、そんなことはなさそうですね」

「そんなことないよ！　皆の助けがないとやっていけないことばっかりだよ！」

今までも自分一人ではどうにもならないことがたくさんあった。慌てて否定すると、セバスさんは優しく微笑みながら私を抱き上げ瞳を見つめてくる。

「そんなに急いで大きくならなくていいんですよ。あなたは聡いが、まだまだ子供です。もっと周りを、大人達を頼ってください。私は勿論、シルバさん達やベイカーさんにコジローさん、他の皆さんもあなたの助けになりたいと思っているのですからね」

「ありがとう……ございます」

そんなこと、今まで言われたことがなかった。私は泣きそうな顔を見られのが恥ずかしくて、セバスさんの頼もしい胸に顔を埋めた。

「しかしミヅキさん、奴隷ってどういうことですか？」

セバスさんの困った声が頭の上から聞こえてくるが、私は顔を上げられないでいた。

私はその後もセバスさんに抱っこされ、くどくどとこれまでのことを説教されながらマルコさんの屋敷に戻って来たのだった。

「ミヅキさんシルバさんたちもおかえりなさい。えっと、そちら方は？」

出迎えてくれたマルコさん達が、知らない顔を見て驚いている。

「こちらはセバスさんです。町で私が親のようにしたっている方です」

疲れた顔をしながら一生懸命セバスさんの説明をする私に、マルコさんが心配そうな顔を向ける。

「ミヅキさんの親代わりのセバスと申します。ミヅキさんの町の冒険者ギルドで副ギルド長をしております」

セバスさんがマルコさんに礼儀正しく頭を下げて挨拶をした。

「セバスさん……ってもしかして、昔最年少で王都の部隊長になった冷徹(れいてつ)のセバス？　あっ！　なんでもありません。ミヅキさんのお知り合いなら大歓迎です！　どうぞお入り下さい」

マルコさんは話しながら急に話を止めると慌てて中へと促す。

気になる言葉が聞こえたけど……

私はセバスさんの顔を振り返って見るが、ニッコリと笑っているだけだった。

その後マルコさんと少し話していたセバスさん。話を終えたあとは、寝る支度を整えて部屋で一緒にリバーシをする。寝ようかと思っているとベイカーさんがフラフラになりながら帰ってきた。

「た、ただいま……」

バターンと部屋で倒れ込むと、セバスさんがヒョイと持ち上げ部屋の外に投げだした。

「汚くて臭いですね、しっかりと体を洗ってきて下さい。その後にミヅキさん達と共に話を聞きますからね。ミヅキさんも疲れて眠たそうにしてますから急いで下さい」

そういうと容赦なくバタンと扉を閉める。

「セバスさん、ベイカーさんは大丈夫？　疲れてたみたいだけど」

「ミヅキさんは優しいですね。大丈夫です、冒険者にとってあれくらいどうってことはありませんから」

そういうもんなのか？

「それより、リバーシの続きをしましょうね」

話を逸らすようにリバーシを持ってくる。

「セバスさん、何回かやるだけですぐに抜かれちゃいそうなんだもん」

「それでもまだ、ミヅキさんには一回も勝っていませんよ？」

「絶対あと何回かしたら抜かれるに決まってるもん！」

「ふふふ」と楽しそうに笑顔を見せるセバスさんに思わず一緒に笑ってしまった。

セバスさんと楽しい時間を過ごしていると、ベイカーさんが体を綺麗にして戻ってきた。

「ベイカーさん！　その頬っぺどうしたの!?」

ベイカーさんの顔を見るなり腫れ上がっている頬に驚いて近づいた。

「恐ろし男に……いや、転んでな」

「どんな転び方したの、もう治すから屈んで！」

言われるがまま膝をつくと、頬に手を当てて回復魔法をかけた。

頬の腫れがすっかりとなくなると、ベイカーさんにお礼を言われて頭をクシャっと撫でられる。

「よかったですねベイカーさん。怪我を治してもらえて……」

セバスさんが含みある言い方でじっとベイカーさんをみつめている。

治療したベイカーさんとシルバ達も含めて円になると、王都でのことをセバスさんに話していく。

セバスさんは所々で顔色を変えるが何も言わずに静かに最後まで話を聞いていた。

「以上が、王都に来てからミヅキがやらかした数々だ」

「ベイカーさんだって、シルバと街を壊したじゃん！」

「そ、それはシルバを止める為に仕方なくだ」

私とベイカーさんが責任逃れで言い争っていると「コホン」と咳払いが聞こえる。

「まずはベイカーさん、まぁ先程も軽く言いましたが、ミヅキさんを易々と誘拐されたこと、奴隷の確保、スラム訪問、従者、神木、鬼人！　どれも何故止めなかったのですか!?」

「いや、ほとんどやらかしてからの事後報告だったんだ」

ちらっと私の方を気まずげに見る。

「ミヅキさん？」

セバスさんが確認を取るようにこちらを向いた。私は恐る恐るコクリと頷く。

「誘拐犯はもういないということなので仕方ないです。経緯もリリアンさんから先程説明を受けましたしね。しかし許せん！　ミヅキさんにまたがって殴るだと……まだ生きていたら地獄という地獄を味あわせてやったものを……」

セバスさんは一人呟きながら怒っている。

空気がピリピリするが、私は黙っていた。

「それは俺だって同じだ！　シルバ達だってすっげぇ怒ってたんだよな？」

ブンブンとシルバ達が頷く。

「それに！　ミヅキさんを従者にしようとするような愚かな大臣がまだいたなんて、あの時にあら方潰したと思っていたのに」

「えっ？」

なんか今変なことを言った気が……

「いえ、なんでもありません。まぁその者ももう王都を去ってしまったのですね」

私達は勢いよく頷いた。

「それと何故スラムなんて危ない所に行ったのですか？」

「シルバもいるし、大丈夫かなって……怪我もしてません」

「確かにシルバさんはお強いです。しかし言葉は喋れないし、何かあっても対処が難しいのですよ！」

「その代わりにデボットさんとマルコさんを連れて行きました」

「デボットは一度ミヅキさんを誘拐した人ですよね？」

「でも、奴隷の契約してるし、デボットさんはちゃんと罪を償おうとしてるよ！」

セバスさんがベイカーさんに確認を取ると、ベイカーさんはその通りだと頷いている。

「それに、誘拐された時もデボットさんがいたから助かったんだよ？」

縋るようにセバスさんを上目遣いで見つめる。

「ま、まぁ、彼も先程見た時は別人のようになっていましたからね。しかしこれからも油断なきように！」

「はーい……」

「ミヅキさん？」

「はい！　わかりました！」

「そしてそのデボットさんですが、確か体が欠損していたと報告を受けていました。先程話にあった回復魔法をかけた相手が彼ですか？」

「はい、そうです。でもそれは、ちゃんとシルバ達がやったように偽装しました！　ね、ベイカーさん！」

「あ、ああ……まぁな」

ベイカーさんが視線を逸らしながら頷いた。

「はぁ……しかし、その後の奴隷の子供達を治したのはどういうことですか？」

「だって、治せるのに何もしないなんてこと、出来なかったんです」

しゅんと小さい体をさらに小さくする。

「そんな可愛い反応をされたら怒ることも出来ません」

セバスさんが私の手にそっと自分の手を添える。

「あなたが心配なのですよ……」

「はい、わかってます。でもね、考える前に体が動いちゃうんです」

「ごめんなさい」と下を向く。心配ばかりかけて情けない。そんな私にセバスさんは息を吐いた。

「私は何をしてるんでしょうね。ミヅキさんの笑った顔が見たくてはるばる王都まで来たのに、ミヅキさんにこのような顔ばかりさせて……」

セバスさんが顔を優しく上向かせてくれて、泣きそうな目元を長い指でそっと撫でた。

「ミヅキさんがこういう子だとわかっていたはずなのに、つい心配しすぎて言いすぎました……すみません」

セバスさんが目尻を下げて謝った。

「セバスさん、謝んないで！　悪いのは自分だってわかってます！　わかってるんだけど……」

気がつくと体が先に動いてしまっている。

「ここまで来たらミヅキさんのことを隠すのはもう難しいですしね。思う存分やれとは言いませんが次は少し抑えてお願いしますよ」

「うん！　セバスさんありがとう！」

優しいセバスさんにギュッと抱きついた。

セバスさんがポンポンと背中を叩くと、ホッとして眠気が襲ってくる。

私はそのまま、セバスさんの腕の中で眠ってしまった。

◆

セバスは力が抜けていくミヅキを抱き上げるとそっとベッドに運んだ。

「今日は疲れたでしょうから、もうおやすみになってください」

まだ必死に目を開けようとするミヅキの頬を優しく撫でている。

「うん……セバ、スさんは……？」

「私ももう少ししたら休みますよ」

ほぼ寝ているミヅキを優しくさすっていると寝息が聞こえてきた。シンクとコハクがミヅキに寄り添ったと思うと、一緒にベッドで寝てしまった。

ミヅキの寝顔を確認し、部屋を移動した。

「さてと、ではコジローさんを呼んで来ますね」

セバスの言葉に頷き、俺の部屋で待っているとコジローがシルバの通訳として来てくれた。

「コジローさん、遅くにすみません。そしてこれからの話は他言無用でお願いします」

セバスが謝るとコジローはなんでもないと笑った。

「もちろんです。セバスさんやベイカーさん、シルバさんにはミヅキと同様に恩を感じております。決して裏切らないと誓います」

「ありがとう。では、ミヅキさんが誘拐された時のことを報告してください」

俺とシルバは視線を合わせて頷いた。

「あの時に一番に駆けつけたのはシルバだったよな」

シルバがコクっと頷く。

【あの時、ミヅキは顔を殴られたようで頬を腫らしてボーッと立っていた。俺達が呼びかけるが反応がなく、その瞳は紅くなり何も見ようとしない……いや、見えていない感じだった】

シルバの言葉をそのままコジローが伝えてくれる。

「紅い瞳？　ミヅキの瞳は黒色だぞ？」

【わかっている。だがその時は、まるで俺達のことがわからないようだった。そして見たこともない、俺でも弾かれるほどの結界を張っていた】

「えっ！　シルバさんをも弾く結界？」

コジローがシルバの言葉に驚きを隠せずにいた。

【何度もシンクと呼びかけると紅い瞳がいつもの黒い瞳に戻った……と同時にいつものミヅキになっていた】

「そこら辺はミヅキさんの忘れた記憶と関係があるのでしょうか？」

俺達は頭を捻らせる、考えても分からないことだらけだった。

【あとな、今日の魔法対決で闇魔法が使われただろ？】

「ああ、闇魔法なんて初めて見た」

ミヅキの魔法の試合を思い出す。

これまで闇魔法の存在は知っていたが、実際に使う者には初めて会った。

するとセバスが神妙な顔で話し出した。

「ベイカーさん、闇魔法が使える人族はいません。あの魔法は魔族や魔獣特有の魔法なんです」

セバスの説明に俺とコジローは怪訝（けげん）な顔をする。

「なら、あの魔法は闇魔法ではないのか？　アルフノーヴァさんが言ってたんだぞ？」

「師匠が言うのなら間違いなく闇魔法です。しかし、それを使ったのが人族なのが問題なのですよ」

【そうだな……そしてミヅキも闇魔法持ちだ】

シルバがボソッと呟いた。

「どういうことですか⁉」

コジローが思わず大きな声を出してシルバの呟きを伝えた。

「ミヅキが闇魔法を使えるだと？」

【あと光魔法もだ。だからあの時、闇魔法が効かなかったのだろう】

「どういうことですか？　闇魔法と光魔法が両方使える者など存在しない、いやできないのです。

あの魔法はお互いに相殺しあうのですから」

セバスが珍しく興奮している。

【ミヅキは使った記憶が無いそうだ。ミヅキのステータスを常に確認しているわけじゃないが、多分誘拐された時に発したのだろう】

「一体その時に何があったのでしょう」

俺達はシルバを見つめるが、シルバはフルフルと首を横に振る。

【ミヅキもその時のことはよく覚えていないそうだ】

「もしかして、ミヅキは魔族……？」

「いや、あり得ません！　魔族は光魔法が使えない……使うことが出来ないはずなのです。光魔法を使えるということが、魔族でないという証明です」

「なら一体、ミヅキは？」

俺達はスヤスヤと呑気に寝ているであろうミヅキの部屋の方を見て口を噤んだ。

「ミヅキは闇魔法が使えることを知っているのか？」

ふと浮かんだ疑問をシルバに問う。

【知っている】

「人族には使えないことも？」

コジローが悲痛な面持ちで見つめるとシルバが頷く。

【伝えた、魔族や魔獣特有の魔法であると】

「ミヅキはなんて!?」

「泣いたりしていませんか？」

俺とセバスはシルバに詰め寄った。

【空って飛べるの……と】

シルバが気まずそうに顔を逸らした。

するとコジローが「はっ？」と間抜けな声をあげる。

戸惑っているコジローの様子を見て、俺達はシルバの言葉を早く通訳するように急かすが、その前にシルバが話を続ける。

【魔族っているんだ、友達になれるかな～と言っていた】

コジローは気が抜けたようにシルバの言葉をそのまま伝える。

「「はっ？」」

俺達はコジローと全く同じ反応をしてしまった。

「あいつは……」

間抜けな反応にガクッと肩の力が抜ける。

「ふふふ……ははは！」

セバスが珍しく豪快に笑っていた。

「流石は我らの愛すべき子供ですね」

「ミヅキにとって人だろうが動物だろうが魔族だろうが、関係ないんだな」

改めてミヅキの愛されるわけがわかった気がする。

「心配して損しましたね」

「ミヅキさんが何者であろうともミヅキさん……ってことですね」

セバスの言葉に俺もコジローも妙に納得して笑って頷いた。

◆

もぞもぞ隣で動く気配に目を覚ますと、ミヅキさんがスリスリと腕に顔を寄せていた。

夜の話し合いのあと、私はベイカー達と別れてミヅキさんの部屋に戻って寝たことを思い出した。

あまりの可愛さに眠気も吹き飛ぶ。

ふわふわの髪の毛を優しく撫でると、ミヅキさんは気持ちよさそうに顔を綻ばせる。

なんて、幸せな朝でしょう。ここ最近で一番の幸せだと確信する。

ずっと見ていられるその寝顔を眺めていると、ドンドンドンと不躾なノックが扉から響いた。

「チッ！」

扉を殺気を込めて睨みつけるとピタリと音が止む、しかしミヅキさんが起きるには十分な音だったようだ。

「はぁ〜、むにゅぅむにゅう―」

可愛い音が響くと、もぞもぞと膝を丸めて動き出し顔をあげた。

なんと、起きる姿まで愛らしい。

眠そうな目を擦りながら周りを見ているミヅキさんと目があった。

「おはようございます、ミヅキさん」

笑って挨拶をする。

「セバシュさん、おはよぉ～ござーます」

欠伸をしながら挨拶をすると、ミヅキさんはへにゃっと幸せそうに笑う。

手を伸ばすとミヅキさんが答えるように抱きついてきた。

「さぁ、お寝坊さんは顔を洗いましょうね」

まだ寝ぼけているようなミヅキさんを水魔法で優しく顔を洗ってあげた。

「着替えはどうしますか？　私がしてもいいのですよ？」

「自分で着替えられます……」

恥ずかしそうに頬を染めて降ろしてくれと頼むので、ベッドの上にそっと下ろした。

くるっと後ろを向いてやると、収納から服を取り出しせっせと着替える音がする。

その間に自分も支度を整えてしまおうと動きだした。

◆

着替えて髪を整えてセバスさんを見ると、いつ着替えたのかもう完璧に支度を終えていた。

「では行きましょうか？　誰かが先程呼びに来たようでしたから」

「誰か？」

私は扉に目を向けるが、人がいる感じはしない。

【ベイカーだ、扉の前で殺気を受けて飛び退いていたぞ】

シルバが教えてくれる。

【殺気？】

【セバスがミヅキを起こされて怒ったようだな。確かにベイカーの扉を叩く音はいつもうるさい】

【へーそうなんだ。ベイカーさん大丈夫かな？】

【気にしないだろ】

ベイカーさんを心配しつつも、セバスさんにエスコートされ部屋を出る。少し離れた壁際にベイカーさんが寄りかかって立っていた。

「おはようございます」

「ベイカーさん、おはよぉ～」

「ああ、おはよう。セバスさん、いちいち殺気を放つなよ、朝から寿命が縮んだわ！」

ベイカーさんはジロっとセバスさんを睨んで文句を言う。

「ベイカーさんがあんな不愉快な音を出すからですよ。折角ミヅキさんが気持ちよさそうに眠っていたのに……」

今思い出してもイラッとすると顔を顰(しか)めた。

「それよりもどうだった、一緒に寝た感想は。俺はもう一回寝てるからな！」

勝ち誇ったように言うベイカーさんにセバスさんは余裕そうに答えた。

「今までで一番幸せな朝でした。ミヅキさんは寝ていても可愛いですね」

なんか、恥ずかしい。

私は二人の顔が見れずに真っ赤になり下を向いてしまった。

皆で朝食を取ると、今日はリュカ達の住まいへセバスさんをベイカーさんと案内することにした。

「昨日食べた、カレーの横によそっていたお米を作ってるんですよ」

早く見せたくて歩きながらセバスさんを引っ張る。

「ミヅキさんは相変わらずですね、何も変わっていなくて安心しました」

引っ張られていても嬉しそうについて来てくれるセバスさん。

細い道を抜けるとバッと広がる郊外に出る。そこには土で出来た立派な建物が建っている。

「この建物は？」

「私が土魔法で作りました。ギースさん達が住んでるんだよ」

「土魔法で……素晴らしいです」

セバスさんが建物に触る。しっかりとした密度で頑丈に造られているのがわかったらしい。

魔法を褒められて気分が良くなり、他の建物も次々に見せて行った。

「あれは木魔法で作った家で、あっちは土魔法で作った集合住宅！」

「集合住宅？」

「部屋がいっぱいあってたくさんの人が泊まれるんだよ！」

空いてる部屋を見せようと建物に入ると、皆で食事をしていたようで食堂に勢揃いしていた。

「あっミヅキ！」

リュカが気がついて声をかけると皆が振り返る。

「ミヅキおはよう」

「おはようございます！」

『おはようー』

子供達が次々に挨拶をしてくれる。そして皆の視線が隣のセバスさんへと向いた。

「ミヅキ、隣の方は？」

ここの家に子供達の世話を兼ねて泊まってもらっていたレアルさんが代表して声をかけた。

「レアルさんおはよぉ～、こちらの人はセバスさんていいます。ベイカーさんと同じ町の冒険者ギルドの副ギルドマスターです！」

偉い人だと紹介すると、セバスさんが一歩前に出た。

「皆さん初めまして、セバスと申します。ミヅキさんが大変お世話になっているようで、これからもよろしくお願いします」

セバスさんがキチッと挨拶をする。

「ミヅキ、ちょっと……」

レアルさんが慌てた感じでこいこいと手招きする。離れてコソコソと話しかけられた。

「あの人は本当に知り合いなのか？」

「セバスさん？　うん、そうだよ。ベイカーさんと同じくらい私を大事にしてくれる人です」

自信満々に答える。

「そうか、ならいいんだ」

レアルさんはホッと安心した顔をした。

「そんなに心配なさらないで下さい。ミヅキさんのことは娘のように大事に思っておりますよ」

いつの間にかすぐ後ろにいたセバスさんがニッコリと笑いかける。

レアルさんは急に寒くなったのかブルっと震えていた。

戸惑った顔をしているとベイカーさんが仕方なさそうに声をかける。

「逆らうな、それだけだ」

「は、はい。しかし従者としては、ミヅキの周りのことは把握しておかないと。やはり少しお話しても宜しいでしょうか？」

レアルさんは青い顔をしながらも私を自分の方に引き寄せてセバスさんに向き合った。

「ふーん……デボットさんといい、レアルさんといい、ミヅキさんはきちんと人を見る目があるようですね」

セバスさんがレアルさんをじっと見つめて感心する。

「でしょ！　デボットさんもレアルさんも私の為にとっても頑張ってくれてるんです」

自分のことのように胸を張った。

「そのようですね。私に向かってこようとするとはいい度胸です。昨日のデボットさんもそうでしたが、レアルさんもミヅキさんのことを大切に思っているようで安心致しました」

今度は柔らかい笑顔をみせる。

レアルさんは急に息を思いっきり吐き、ドっと汗が出てきた。

「ミヅキ……なんか怖い人だな」

コソッと耳打ちしてくる。

「そうだね、私も昨日ずーっと説教された」

「なんで嬉しそうに言うんだ？」

「えっ？」と顔を触ると口角が上がっていた。

「なんかニヤニヤしてたぞ」

「そうかなぁ～？」と話をかえる。

「セバスさんはね、王宮のアルフノーヴァさんの弟子でもあるんだよ」

「えっ、あのアルフノーヴァさんの？　あっ……セバス」

なにか思い出したのかチラッと顔を見た。

「思い出した。ミヅキは凄い人と知り合いだな」

「レアルさんもセバスさん知ってるの？」

王都の人はセバスさんを知ってる人が多いようだ。

「噂だけな、王宮で働く者は知らない奴なんていないないんじゃないか？　アルフノーヴァさんと二人で王宮のやり方を百八十度変えた方達だ」

「そんな大層なことはしておりませんよ」

いつの間にかまたセバスさんが近くに来ていた。

「少し馬鹿なことを言う人達にお仕置きしただけですからね」

レアルさんが青い顔をしてバッと姿勢を正すとペコッと頭を下げた。

「すみません、失礼なことを言いました」

「いえ、もう昔のことなのにまだおしゃべり好きな人がいるのですね。そんな噂ミヅキさんは信じなくていいですからね」

「はーい！」

「さぁミヅキさん、次の案内をお願い出来ますか？」

セバスさんが手を差し出して私の手を笑顔で待つ。そっとセバスさんの手の上に自分の手を乗せると、サッと手を握られて外へとエスコートされる。

そのスマートな様子にポーっとついて行った。

「見たか、今の顔？」

ベイカーさんがレアルさんに信じられないと顔を向けながら文句を言っている。

「完全に恋する顔でしたね」

レアルさんも苦笑しているが聞こえない振りをした。

「レオンハルト王子はセバスさんを見本にすべきだな」

「それは、どうでしょうね」

二人は呆れながら後ろをついて来た。

全く、セバスさんはカッコよくて困る。

あんなスマートにエスコートされるなんて、今までされたことがない。

あんな風にされたらどういう顔していいのか悩んでしまう。

恥ずかしさのあまり、セバスさんの前をずんずんと一人で歩いていた。

【ミヅキ、大丈夫か？】

シルバが心配そうに隣に寄り添ってくれる。

【あっシルバ〜！】

シルバに抱きつくと、そのまま私を背に乗せてズルズルと引きずりながら歩いてくれる。

【セバスさんがあんな、お姫様みたいに扱うから恥ずかしくて！】

【まぁミヅキはお姫様のようなものだ、それはしょうがないな】

【シルバまで〜】

【ミヅキは可愛いもんね〜】

シンクにまでからかわれる。

【うー】

シルバにしがみつき背中で悶えていると、セバスさんが心配そうに声をかけてきた。

「ミヅキさんどうしました？　体調でも悪いのですか？」

「な、なんでもないでぇす！」

思わず声がうわずる。

「すみません……ミヅキさんの調子が悪いことにも気がつかず、つい連れ回してしまいましたね」

セバスさんがすまなそうに肩を落とした。

「えっ？」

突然の謝罪に私は慌てて顔をあげた。

「久しぶりに会えて嬉しくて、つい年甲斐(としがい)もなくはしゃいでしまいました」

寂しそうに笑うと、そっと私の側を離れようとする。

「やだ、セバスさん違うよ！　私もセバスさんに久しぶりに会えて嬉しいよ！　でも、セバスさんが素敵だからなんか恥ずかしくて……」

離れて行こうとするセバスさんの服を掴んでギュッと握って止めた。

「こんなおじさんを褒めてくれるのはミヅキさんだけですね」

セバスさんにキラキラの笑顔を向けられ、顔を背けたいのをグッと我慢する。

セバスさんは純粋に、私に会ったのを喜んでくれてるんだ。会える間だけでもちゃんとしてないと、いつまで一緒にいられるかもわからないのだから、今の時間を大切にすることにした。

照れながらもセバスさんの手を握り、田んぼに案内すべく歩き出した。

「おい、あのセバスさんの勝ち誇った顔を見たか？　あのしょんぼりとした顔はフェイクだぞ」

「はい、ミヅキは全然気がついていませんね」

「恐ろしいな、あれがセバスさんの魔性(ましょう)の微笑みか。実際にやってるところ初めて見た」

「ミヅキでも翻弄されるんですね」

後ろではベイカーさんとコジローさんがコソコソと話しながらついてくる。

【ふん、ミヅキの本気はあんなもんじゃないぞ】

シルバが二人の会話を聞きながらボソッと呟いた。

「セバスさん」

「なんでしょう」

セバスさんがご機嫌に聞き返してくる。先程から凄く機嫌がいいようだ。

見上げながら恥ずかしさに目を潤ませる。

しかしちゃんと話そうと決意した。

「ちゃんと言ってなかったから。王都に来てくれて本当に嬉しかった。やっぱりセバスさん達が側にいてくれるだけで安心します。いつもありがとうございます」

ニッコリと裏表のない笑顔と言葉で想いを伝えた。

セバスさんは私の言葉に急に真顔になって考え込む。

「敵いませんね……ありがとうございます。その言葉がどんなに嬉しいことでしょう」

繋いだ手をギュッと握られ、今度は穏やかな顔で歩きだした。

「ここが田んぼです！」

手を広げて青々と茂る稲をセバスさんに見せた。そこには、ついこないだ植えたばかりの稲が大きく育っていた。

「凄いな、この間植えたんだよな？」

ベイカーさんが実りの速さに驚いている。

【やっぱり水がよかったみたいだね！】

【それは伝えてあるのか？】

シンクが嬉しそうに稲穂の状態を上から確認するとシルバが心配そうに聞いてくる。

「あっ！」

【レアルさんには言ったけど、あれ、ベイカーさんに言ったっけ？】

どうだったかと頭を捻った。

「素晴らしい光景ですね、これがあの白い穀物になるのですか？」

「こ、これがお米です」

慌てて話に戻ると僅かに残っている米を出して見せる。

「凄まじい成長速度ですね。つい何日か前に植えたとお聞きしましたが……」

稲はもう既に実をつけ始めていた。

何か感じ取っているセバスさんに、ごまかせないと水のことを話すことにした。

「えーとね、セバスさん、これ飲んでみて？」

私は水魔法で出した麦茶をセバスさんに渡す。

「茶色い水ですか、まぁ、ミヅキさんに出されたものならいただきます」

躊躇することなく飲むと目を輝かせた。

「美味しいです！　香ばしい香りと味ですね。それになんだか体が軽くなった、これは回復魔法？」

体力が上がってくるのを感じているみたいだ。

「うんとね、私の水魔法で出した水は、飲むと少し回復が出来るみたいなんです。それをこのお米に使ったら成長が早まっちゃった」

「はっ？」

「ごめんなさい！　言うの忘れてました！」

怒られる前に謝る！　私は頭をガバッと下げた。

しばらく待つが何も言われずにいるのでチラッと頭をあげる。

セバスさんはじっと水を眺めていた。

「セバスさん？」

「あっ、すみません。ミヅキさんならあり得そうな話ですね。しかし、それなら急な成長はミヅキさんがいる時だけになりますね」

「あっ、それも大丈夫です！」

そう言って、地下に作った貯蔵庫に案内する。

「ここの氷は私の魔法で作りました。これが染み出てこの一帯に行き渡っているので、常に私の水が流れてます」

「ここもミヅキさんが造ったのですか？」

「はい！　食糧を置いておく所がなかったので。あとは避難場所にもなるんです」

「こんなものまで造ってたのか」

ベイカーさんも一緒に降りてくるとまじまじと貯蔵庫を見回す。

「ベイカーさんも知らなかったのですか？」

「ああ」

「ここに住んでる大人の人達にはあらかた説明してあります。ほら、使うのは皆だから」

「ミヅキはどうするんだ？　ここに住むのか？」

「えっ、私はベイカーさんのお家があるから大丈夫」

そう言うとベイカーさんの顔がほころび、嬉しそうにしていた。

「私のお家はやっぱりあそこだからねー」

ベイカーさんとセバスさんを見て笑う。

「そうですね」

「ああ！　そうだな！」

「じゃあ、ミヅキはいつ王都を発つんですか？」

話を聞いていたレアルさんが心配そうに聞いてきた。

「うーん、お米の収穫を見たかったけど、ドラゴン亭の方も落ち着いたしね……。二、三日後にはここを出ようと思ってる」

「二、三日後！」

あまりの早さにレアルさんが戸惑う。

「私はミヅキについて行ってもいいのですか？」

「レアルさんには、ここに残って皆の面倒を見て欲しいなって考えてる」

レアルさんの寂しそうな顔に胸が痛み、申し訳なく思いながら頭を下げた。

「まぁ、そんな気はしていました。ここに住めと言われた時から覚悟はしていましたよ」

「ごめんなさい……」

「謝らないで下さい、私はミヅキの従者ですよ。あなたの決定に従います」

そう言って私に向かい手を胸に当てて頭を下げて忠誠の誓いをする。

そのよそよそしさが少し寂しかった。

「デボットさんもここにいてもらおうと思ってるんだ、まだ言えてないけど……」

皆と離れることを思いしゅんとする。

王都に来て、たくさんの人と出会い、たくさんの経験をした。

そのどれもが大切なもので、いつかは離れるとわかっていても悲しくなってしまう。

「でも、ここがギースさん達だけでやっていけるようになったら、また戻ってきてくれる？」

「もちろんです。あの人達を早く一人前にしてミヅキの元に行きますから、待っていて下さい」

レアルさんの笑顔にホッとした。

「うん！　私もシルバ達とここの様子を見に来るからね。稲穂(いなほ)の収穫の時は必ず来るよ」

「それに庶民の学び場も作るんですよね」

「そうだね。その時にもまた来ないと。あとはリバーシ大会もあるもんね」

「ミヅキさんがまた王都に入り浸りそうですね。その時はまたお休みをもぎ取らないと」

セバスさんが困った顔で笑っている。

「帰ったら仕事が山積みになってそうだな！」

ベイカーさんが冗談を言うとセバスさんがクスッと笑った。

「そんなことになっていたら、ギルマスには寝ないで仕事をしてもらいますけどね」

ベイカーさんはそれが冗談ではないとわかり、から笑いをしていた。笑ってる二人に私は気まずそうに声をかけた。そう、私には二人に言わないといけないことがあるのだ。

「あの……ベイカーさんにセバスさん」

なんだと二人が振り返った。

「私、あの町には帰らない」

「「え！」」

二人の驚く顔に慌てて訂正する。

「ずっとじゃないよ！　あの町は、私が帰る場所だもん。でも、その前にどうしても行きたいところがあるの」

「どこですか？」

セバスさんが聞いてくるので、コジローさんの里に行きたいのだと説明した。

コジローさんの里には、前世で食べていた念願の食材があるかもしれないのだ。

行かない選択肢がない。

しかし、二人は渋い顔をする。

「そうなると、私はこれ以上お休みを取れませんから……」

「俺もリリアン達を送り返す依頼を請けているから、ついてくのは無理だ」

「なら、私だけで……」

「絶対にダメだ！」

「それは許可できません」

保護者二人に却下されてしまう。その後もどうにかお願いするが二人からはいい返事を貰えない。

「ミヅキさん、またお休みが取れたら行きましょう」

「そうだ、皆で行けばいいだろ？」

二人の言葉に渋々頷いた。

でも、本音ではコジローさんの里にすぐに行きたいという気持ちでいっぱいだ。

王都で過ごした日々のように、コジローさんの里でも楽しい時間を過ごすことができると思うんだけどな……それに、新しい食材を皆と一緒に食べたいのに。

そんな気持ちを抱えつつ地上にもどると、皆に今後のことを話すことにした。

「ミヅキはここにずっといてくれるんじゃないのか？」

「ごめんね、でもちょくちょく様子見に来るからね」

知っていたビリーさん以外の皆が顔を曇らせ、子供達が不安そうな顔で聞いてくる。

「私がいない時だってやっていけてたでしょ？　それにしばらくは、レアルさんとデボットさんが皆を見ててくれるから大丈夫。ドラゴン亭もあのまま開店するし、何かあればマルコさんが力になってくれるからね」

「なんか準備万端だな。最初からこうなるようにしてたんだな」

ギースさん達は勘付いたようだった。

「皆でリバーシを作っていけば、それだけで暮らしていけるでしょ？　あとはお米も多分、王宮から買い取りの相談が来ると思うんだ。そこら辺はレアルさんと相談しながら対応してね」

「でも、それって全部、ミヅキがしたことじゃないか」

「私は別に売り出す気はなかったよ、やれって言われても面倒臭いしね。そんなの出来る人、やりたい人がやればいいんだよ」

「しかし、そうなると人手が足りませんね」

レアルさんが皆を見て思案顔をする。

「それも大丈夫、マルコさんに頼んで求人をだして貰ってる。明日くらいに面接があるから、マルコさんに詳しい予定を聞いておくね。その時はリュカとテオとギースさんビリーさん、よろしくね」

「わかった」

「うん」

「「了解だ」」

うーん、何だか皆暗い顔。いきなりこんな話を聞いて不安なのだろう。

「セバスさんとレアルさんも面接に付き合ってくれる？」

「ええ、もちろんです」

セバスさんがにっこりと了承してくれる、レアルさんも頷いた。二人が手伝ってくれると聞いて、皆が少し安心したように笑顔を見せる。

話を終えるとまた作業に戻ってもらった。邪魔にならないようにセバスさんとベイカーさんと離れてその様子を観察する。

「なんか、皆覇気がないね」

今日はいつもみたいな楽しい話し声が聞こえてこない。

「そりゃ、ミヅキとの別れが待ってるからな」

「一応、私がいなくなっても大丈夫な体制は整えたつもりなんだけどなぁ、まだ不安なのかな？」

「やってはいけるでしょうが、それとこれとは問題が違います。彼らにとって、ミヅキさんは救世主のような存在なのでしょう？　そんなミヅキがいなくなることは、彼らにとってはとても辛いことなのですよ」

理由を聞いて唖然とセバスさんを見つめる。

「何をそんなに驚いているのですか？」

「だって救世主って、そんな大したことはしてないのに？」

「それでも彼らにとっては、人生の変わる素晴らしいことだったのです」

「そっか……」

私もベイカーさんやセバスさんと離れて暮らせと言われたら寂しいし不安になる。皆もきっとこんな気持ちなんだろう。

しかし、どうすることも出来ずに申し訳なく働く皆を見つめていた。

◆

【……、ミ……、ミヅキ……】

その日の夜、寝ているところに誰かの声が響いた。

この声……？

【ミヅキ……起きているか？】

【プルシア！】

【ああ……久しぶりだな】

【プルシア！　どうしたの？　何かあったの？】

【いや……そろそろ王都に帰れそうなのでな、一応伝えておこうと……】

【本当に！　嬉しいなぁ！　いつ頃帰ってこれるの？】

【後二日後くらいには戻れるだろう】

【よかった！　丁度私も王都を発つ時だ。最後に会えたらいいんだけど……】

【わかった……それには間に合うように帰るからな】

【うん！　待ってるね！】

【ああ……久しぶりにミヅキの声が聞けて嬉しかった……】

【へへ、私も！　プルシアが元気そうでよかった】

【寝ている所すまなかったな……いい夢を……】

「xB; й £ ш Я з э ё
 ш я ¢」

プルシアが何か言うと、すーっと眠気が襲ってくる。心地よい睡魔に私は瞳を閉じた。

【プ……ルシア……お……やす……】

せっかくだからおやすみって言いたいけど……

【おやすみ……我が愛しい子……】

私は、プルシアの優しい声を最後に眠りについた。

六　面接

次の日、私はスッキリした気持ちで目覚めた。

プルシアが素敵な魔法をかけてくれたに違いない！

「うーん！　なんか力がみなぎる感じ！」

さっさっと支度を整えると、廊下に飛び出た。今日は皆で面接だ！

マルコさんがテキパキと準備を進めてくれていて、いつでも面接を行えるようにしておいてくれていた。早速マルコさんのところに向かうと、私に気づいたマルコさんが笑顔で近づいてくる。

「ミヅキさん、王宮の方々から大変美味しいものをご馳走になったとお聞きしましたよ。何やらかぐわしい香りの、辛くて大層美味しい食べ物だと！」

面接のことを聞きに行ったのに、すぐにカレーの話をまくし立てられる。

「マルコさんごめんね、カレーっていう料理なんだけど……全部食べちゃった」

もう残っていないと知ったマルコさんはガクッと膝をつく。あまりの落胆ぶりに、今回のお礼でまた作ることを約束した。

気を取り直して、さぁ早速面接だ！

リュカ達を迎えに行き、そのままリングス商会へと向かった。

一室を面接室として借りているのだ。

真ん中にリュカとギースさん、リュカの隣にテオ、ギースさんの隣にビリーさんが座る。後ろの席にレアルさん、デボットさん。二人に挟まれて私とセバスさんが座ることにした。

合図をするとリュカが廊下に向かって声をかけた。

「じゃあ、一人目の方どうぞ！」

「失礼します！」

少し若めの青年が入ってきた。

「名前と何故ここで働きたいのか言ってくれ」

ギースさんが威圧的に聞く。

私達後ろの席は面接中はあまり口を出さないように決めていた。

「ロディです！　リバーシを買いに来た時に張り紙を見て、すぐに応募しました。体力には自信があります！　今話題のリバーシ作りに関わりたいので、よろしくお願いします！」

元気良くハキハキと答えていた。

「リバーシ作りをするにあたって、秘密を漏らさないということは守れるか？」

「えっ？　そうなんですか、まぁ、ちゃんと守りますよ！」

そのあと一通り質問し、合否は後日連絡すると伝えて出ていってもらった。

「どうだった？」

私は一人目を終えたリュカ達に話しかけた。

「若いし、いいんじゃないかな？　明るいしよく働きそうだよ」

リュカが答えるが、テオは首を傾げていた。

「なんか、少し軽い感じもしたけどね……」

テオは少し苦手なタイプのようだった。

「確かに力仕事が出来るやつは欲しいな」

ギースさんが言うとチラッとビリーさんに目を向けた。

「それはそうだけど……ちょっと、秘密は守れなさそうだな……」

ビリーさんの言葉にセバスさんの口の口角が上がり、口を開く。

「ビリーさん、何故そう思ったのですか？」

「ギースが秘密を守れるか聞いた時に、一瞬顔が歪んだ。あれは納得してない顔だ。きっと、ある程度働いて知識を盗んだあとは、他所で売ろうと考えてるんじゃないのかな？」

「えー！　そんな風には見えなかったよ！」

リュカがまさかと驚いている。

「私もそう感じました」

レアルさんもビリーさんの考えに賛成する。

「なら、秘密に関係ない、重要じゃない作業をやらせておけばいいんじゃないか？」

デボットさんがそう提案した。

「うーん、それだとつまんなくて、すぐに辞めちゃわない？」

私の意見に皆がうーんと頭を悩ませる。

「まだまだ人は待ってますから、とりあえず保留ということでいいんじゃないですか？」

セバスさんの提案に皆が頷いた。

「そうだね、とりあえず全員を見よう。その後でいい人を決めようよ。面接に来る人は番号で覚えるようにしといた方が楽かもね～」

「わかった」

「よし！　じゃ次は二番の人！」

こうして私達の長い面接が始まった。

◆

「一体何人いるの……」

私は疲れに机に倒れ込む。

「ようやく半分以上はいきました。あと少しですよ」

「今何番だっけ？」

「五十六番です」

「うーあと少し！　皆、頑張ろうね。次の人をお願いします！」

声をかけると商会の人が扉を開けて声をかける。少し小汚い男の人が入ってきた。

「名前と動機を……」

ギースさんが声をかけるとビクッと肩をあげる。

あれ？　なんか見たことある人だなぁ。私は後ろからじっと覗き込む。

「ファ、ファングです。すみません、俺は奴隷ですが働けますか？」

開口一番にそれを聞いてきた。

「別に雇い主がいいなら大丈夫だが、雇い主は誰だ？」

「実は俺、長いこと正気をなくしていて……凄い安かったんで、親父が買い取ってくれました。だから仕事をするのは問題ないんです。どうか雇って下さい！」

「なんでうちに？」

「ここなら奴隷も雇ってくれるって噂になっていて」

「えーそんな噂があるの？」

私が思わず声をだしてしまった。

「子供？」

ファングさんが面接の場に私みたいな子供がいることにびっくりしている。

「うちは子供から大人まで幅広い世代で働いていますので」

ギースさんがそう説明しながら、私を隠すように席をズレた。

「そ、そうですか。俺はどんなキツイ仕事でもしますから、どうかお願いします！」

ファングさんは椅子から降りると地面に手を着いて頭を下げた。

「わかったから席に座ってくれ。しかし、そんなキツイ仕事でいいなら他にもあるんじゃないのか？」

「ありますが、奴隷に回って来るのはロクな仕事じゃなくて……犯罪スレスレのことをするなんて、娘に顔向けできません」

その理由を聞いて、ギースさんとデボットさんがなるほどと頷く。

奴隷あるあるなのかな？

「ここならそういう心配はないだろうと。俺は娘に誇れる仕事をしたいです」

「採用！」

私が後ろで叫んだ。

「そうか！　最初からこういう人達を対象にすれば良かった！」

私がペラペラと喋りだすと皆がため息をついた。

「ありがとうファングさん！　ファングさんは採用です。明日の朝ここに来て下さい、仕事場に案内するから」

急に、採用だ、明日から来いと言われてファングさんが固まっている。

「ミヅキ、お前は黙ってる約束だろ？」

ギースさんがジロっと後ろを睨んできた。しまった、またやっちゃった。

「えっと……私は？」

そんな様子を見て、ファングさんが不安そうに聞いてくる。

「ファングさん、この子の言う通り採用です。問題なければ、明日来てください」

「いいんですか？」

「この子の決定は絶対なんですよ」

ギースさんがため息混じりに答えた。

「ありがとうございます！　ありがとうございます！」

ファングさんは何度もお礼を言うと部屋を出て行った。

「ミヅキ〜」

「いや！　まって！」

文句を言われる前に喋りだした。

「面接してて、ずっとしっくり来なかったんだよね。でも、ファングさんの話を聞いて閃いた。階級が低い人から雇おう。奴隷から解放されたい人とか、働きたくても働けない人優先ね！　だってリバーシ作りって、色塗りとか座っても出来るもん」

「奴隷だと雇い主に金が入るぞ」

「そこはギースさん達が確認して上手く雇って下さい。あっそうだ、ギースさん達の知り合いとかでいないの？」

「えっ、俺達の？」

「そうそう、いるでしょ、抜け出したい人達！」

「ま、まぁな……」

「今回の面接で人をまとめられそうな人材を十人くらいに絞って雇おう。あとは奴隷の人達を中心にする。リュカ達もスラムの友達とかいないの？」

「いたけど……いいのか？」

「いいよぉ～。リュカ達がいいと思うんなら大丈夫。皆が一緒に働きたいって思う人達でいいんだ。そうだ、なんで気がつかなかったかなぁ～」

「だけど、ちゃんとした人達の方が良くないか？」

ギースさんとビリーさんが心配している。

「ちゃんとした人達ってどんな人？」

私はどんな人達なのかと二人に聞いた。

「レアルさんとかデボットさんみたいな」

二人にチラッと視線を向ける。

「えー？」

二人を見ると気まずそうに顔を逸らした。

「まぁ、確かに二人は優秀だけど、そんな人はそうそういないよ。それに皆がしっかりと育てて行けばいいんだよ」

「大丈夫か？」

ギースさんとビリーさんはまだ不安そうだ。

「いいよねー？」

私はレアルさんやセバスさんに聞いた。

「ミヅキがそれでいいなら」

「結局そうなりますよね」

二人は諦めたように笑った。

「よし、そうと決まれば、ちゃちゃっと残りも面接しちゃおう！」

その後元気を取り戻した私達は急ピッチで面接をして、元商人やら元料理人など数名を雇うことになった。

「じゃ、彼らには明日仕事の内容を教えてあげてね！」

私は面接を終えたので早速帰ろうとする。

「ミヅキは行かないのか？」

「私はもう顔出すのはやめとく。面接にいた理由も、適当に誤魔化(ごまか)しておいてね」

「他の奴隷の奴らとかはどうするんだ？」

「今日見た感じ、四人でやってけそうだもん。リュカの素直な意見に、テオの細やかな観察、ギースさんの経験とビリーさんの判断があれば大丈夫でしょ！　あとは本当に困ったり意見を聞きたかったら、レアルさんとデボットさんに相談して」

「丸投げだな」

「私はやることがあるから〜、じゃよろしくね〜」

私はセバスさんと商会を後にして、郊外の土地の方に来ていた。

「一体何をする予定なのですか？」

セバスさんが私の後をゆっくりとついてきながら聞いてくる。

「最後に皆に贈り物をあげようと思ってて、セバスさんも魔法が得意だから手伝ってくれますか？」

「私に出来ることならいくらでもお手伝いしますよ」

セバスさんが笑って了承してくれる。

私は皆に見つからないように贈り物の準備を始めた。

◆

その夜。夕食の後、イチカ達に話があるからと言って集まってもらった。

「ミヅキ様、なんの御用でしょうか？」

「御用っていうか……報告？」

イチカ達が私が何を話すのかと注目してくれている。

「イチカ達が一生懸命働いてくれたおかげで、ドラゴン亭の売れ上げが好調らしいよ」

「本当ですか？」

「うん、それでね、今まで働いてくれた分のお給料を渡したいと思います」

お給料と聞いて、皆が顔を顰(しか)めて見つめ合った。

「私達は奴隷なので……そのお給料はミヅキ様が受け取るべきなんじゃないですか？」

代表してイチカが疑問を投げかける。

「ダメです！　前も言ったと思うけど、私は皆のことを奴隷として見ているんじゃないからね。じゃ、配っていくよ～」

私の即刻却下にイチカ達はため息をついた。

「何となくそういうんじゃないかと思ってましたけど」

ニカがボソッと声に出す。

「何かなニカ？」

ニコッと笑ってニカを見つめた。

「ミヅキ様は甘すぎると思っただけです！」

「あまくありませ～ん。じゃイチカー」

無視して名前を呼ぶと、イチカが私の前に立った。

「イチカはお姉ちゃんとして皆の面倒まで見てくれてありがとう。これからは、自分のことも少し考えてね」

そう言ってお金の入った袋を渡す。

「こ、こんなに？」

ずしっと重い袋を受け取り、イチカは驚いて中を確認する。

「ミ、ミヅキ様、これいくら入ってるんです？」

「本当に売り上げが凄かったんだよ。あとは色々と臨時収入もあったしね～」

まだ何か言いたそうなイチカを無視して次にいく。

「はい、次はニカ。ニカもイチカと一緒に皆を引っ張ってくれてありがとう。イチカだけじゃきっと大変だったと思う。ニカがいてくれて助かった、ありがとう！」

「ミヅキ様……」

ニカが袋を受け取りギュッと胸に抱きしめる。

「ミカもいつもお手伝いありがとう。文句も言わずに働いてくれてたね。これからも頑張ってね！」

「ありがとうございます！」

「シカは料理が上手になったね。ルンバさんも驚いてたよ。これからも腕を磨いてね！」

「はい……」

恥ずかしそうに下を向く。

「次はゴウだけど、ゴウはもう大丈夫だね。ポルクスさんの言うことを聞いて立派な料理人になるんだよ」

「うん！　この間はプリンも作ったよ！」

ゴウはすっかりとポルクスさんに懐いたようだ。

「ムツカ」

トコトコとムツカが前に出てきた。

「ムツカも小さいのにお手伝いありがとう。ムツカの接客が人気だって聞いたよ。いい子だね」

そう言って撫でると誇らしそうな顔をする。

「お金はイチカお姉ちゃんに預けておくから、使いたい時はイチカお姉ちゃんに聞くんだよ」

「はい！」

「はい最後、デボットさ～ん」

「俺もか？」

呼ばれると思ってなかったのか、デボットさんが驚いた顔をした。

「そりゃ私の奴隷の皆に渡してるんだから」

「俺はいいよ、返済に回してくれ」

「少しは自分のお金を持っておいた方がいいと思うよ。買いたいものだってあるでしょ？」

私は、無理やりデボットさんに袋を渡す。

「それと皆に報告です！　皆は奴隷のお金を完済しました」

「「えっ？」」

デボットさんとイチカが顔を顰めた。

「それって、どういうことですか？」

イチカが恐る恐る聞いてくる。

「皆は今日で奴隷から解放です。おめでとう～」

パチパチと手を叩くが誰も喜んでいない。

「私が買ったときの皆の書類は、もうマルコさんに渡して奴隷商に持っていってもらいました。正真正銘、もう皆は奴隷じゃないよ。だからこれからは、皆の好きに生きていいからね。もちろんこのままドラゴン亭で働いてくれると嬉しいけど、したいことがあるなら、そのお金で挑戦してもいいんだよ」

そう言って皆の顔を見渡すが、皆不安そうな顔をしていた。

「そんな急に……私達、もうミヅキ様の側にはいられないんですか？」

「皆、私がいなくても大丈夫だよね？　それに、私の奴隷じゃなくなったからって、永遠の別れじゃないよ。これからも会いに来るし、また一緒に遊んだり出来るんだからね」

「会いに来るって？」

「私は、明日には王都を出ようと思ってるんだ」

「「「「え？」」」」

「ミヅキ……」

デボットさんが何か言いたそうにしている。

「それでね、デボットさんはこの王都に残ってもらいたいって思ってる」

ダメかなぁとデボットさんを見上げた。

「そんな顔で見るなよ」

デボットさんがハッキリと答えを出せずに顔を逸らした。

ごめんねデボットさん。私は心の中でデボットさんに謝る。

デボットさんはきっと優しいから了承してくれるだろう。

次はイチカ達に向き合う。

「イチカはどうする？」

「私は、ドラゴン亭で働いていたいです。そこにいれば、またミヅキ様は来てくれますよね？」

「もちろん、だってポルクスさんがあそこを続けるんだよ？　見にも行くし、食べにも行くし、手伝いにも行くよ！」

「「わ、私も！」」

ニカとミカもシカも働きたいと言ってくれた。

「ゴウはもちろんポルクスさんと離れないもんね？」

「うん。ミヅキに食べて貰えるように、料理を頑張るよ」

後は……と私はムツカを見た。

「ムツカはどうする？　良ければ里親を探してもいいんだよ？」

「さとおや？」

「新しいお父さんとお母さんを探すの」

「ムツカは、リリアンさんといたい……」

リリアンさん？　意外な答えに驚いてしまった。

「それに、ルンバさんと一緒に寝たい」

えっ？　デボットさんを見て、どういうことか確認をする。

「最近は、リリアンさん達がムツカの面倒を見ててくれたんだ。彼らもムツカを気に入ってたから、まぁ、大丈夫じゃないか？」

「そっか～、ムツカのことはリリアンさんに聞いておくね」

ムツカは嬉しそうに頷いた。

「あと、皆に渡すの遅くなったけど、これをあげる」

私はてのひらを皆に見せる。そこには木で作られたリングが七個あった。

「渡すはずだった奴隷の指輪だけど……完済したから必要ないってわかってるんだけど、でも皆とお揃いの物が欲しくて。これは私が作ったんだよ！　貴重な木で出来てるから、もし困った事があったらこれを売ってもいいからね」

そう言って皆の指にはめていく。皆は貴重な木という言葉に不思議そうに指輪を見つめる。

「少しはお金になると思うんだ」

神木だし、貴重なんだよね？

「ほら私の分、皆とお揃いだね！」

最後の一つを指にはめて見せると、やっと嬉しそうな顔をしてくれた。

「あとデボットさんの分もね」

デボットさんの手を掴むとそっと指にはめる。

そんなデボットさんは不服そうな顔をした。

「俺はもう用済みか？」

「はっ？　そんなわけないじゃん！」

「なら、なんで？　しかもこんな急に！　王都を出るってことも、決まっていたならもっと早く相談してくれても良かったのに……」

「デボットさんとレアルさんには、リュカ達の方をしばらく見て欲しいの。頼めるのは二人しかいないから……。出ていくのはずっと考えてたけどなかなか言えなくて……ごめんね」

　申し訳なく思い頭を下げた。

「そんな顔されたら、何も言えねえじゃねえか」

　デボットさんが辛そうな顔をする。

「そんな顔をさせたくないんだけど」

　デボットさんはぷいっと横を向く。

「ルンバさんに呼ばれてるから行く。心配すんな、ちゃんとここに残ってアイツらの面倒はみるから」

　じゃとデボットさんは行ってしまった。

「デボットさん！」

　声をかけるがデボットさんは振り返らずに部屋を出て行った。

　明日王都を出ることを報告した私は、最後の夜に皆に楽しんで貰うために、料理を用意することにした。しかし、デボットさんのことが気になり、ボーッとしながら鍋をかき混ぜていた。

「ミヅキ、大丈夫か？」

　テリーさんが私の手からおたまを取り上げた。

「デボットさんとちゃんと話して来いよ、ここは俺が準備をしておくから」

「でも……」

「作るものは聞いたし、この後ポルクスさん達が手伝いに来てくれるんだろ？」

「うん」

「デボットさん、今日はマルコさんの所に行くって言ってたから、リバーシを届けついでに行ってみれば会えるんじゃないか」

「でも、顔を合わせてくれなかったらどうしよう」

しょぼんとしてしまう。

「ふふふ……」

落ち込む私にテリーさんが突然笑いだす。

「ひどい、なんで笑うの！」

思わずムカッとしてプーっと膨れる。

「いや、なんかミヅキが普通の子供に見えて……」

口に出すとさらに可笑しそうに笑っている。

「いつも先読みして、大人達と対等に話してて、他の人のことになると強引に力を使ってまでも解決するのに、自分のこととなると全然ダメだな」

クックックッと声を押し殺して笑う。

「ゔぅぅー、だって〜」

「まぁ、いつも味方のデボットさんだから、ミヅキも調子が狂うんだよな」

「うん。私だって着いてきて欲しいけど、ここに残るってもらう人材としては、デボットさんが最適だからね。デボットさんなら信頼できるし、任せられるもの」

「ちゃんとその気持ちを伝えて来いよ、デボットさんだって勘違いしてるのかもよ」

「そうだね……ありがとうテリーさん！　私行ってくる！　あっ、その鍋が煮立ったら火を止めて、果物入れて冷ましておいてね！」

「了解」

行ってくる〜と走り出すとシルバ達が後を追いかけてきた。

「ああしてると、普通の子供に見えるな」

テリーは思い出し笑いをしながら鍋をかき混ぜていた。

◆

「はぁ……」

その頃デボットは最大なため息をついた。

先程はショックのあまりミヅキに冷たい態度を取ってしまったが、その後にレアルから事情を聞き、膝から崩れ落ちた。

ミヅキに会ったらどんな顔をすればいいんだよ。

マルコさんのところで用事を済ませ、とぼとぼと郊外の土地を目指して歩く。だが、なかなか足が前に進まない。

ドン！

前から歩いて来た人の肩に思いっきりぶつかってしまった。

「すみません」

顔も見ずに、とりあえず謝って歩き出す。

「ちょっと待て！　ぶつかっといて、なんだその態度は！」

肩を掴まれて振り向かされると、目の前には顔を真っ赤にして憤怒する男がいた。

「すみません。ボーッとしてしまって」

もう一度頭を下げて謝るが、相手の男はまだ怒っていた。

「おまえ！　その装具は奴隷だよな。奴隷がなんだ、その態度は！」

ミヅキから貰った指輪を指さして、男が声を荒げる。

「奴隷の躾がなってないぞ！　主人を連れてこい、謝罪させてやる！」

主人ってミヅキを？　こんな奴にミヅキを会わせたくなくてイラッと顔が歪む。

「なんだその顔は！」

「いえ、大変失礼致しました。私の不注意で申し訳ございません。少ないですが、今手持ちはこれしかありません。どうか今回はコレでお許し頂けないでしょうか？」

地面に膝をついて謝り、ミヅキから貰った給料の袋を差し出す。

「ふん、まぁいいだろ。あとそれも寄越せ」

男は俺の指輪を見つめていた。

「それ？」

「その指輪だ、よく見ると精巧な作りだな。奴隷の装具には勿体ないから、俺が貰っといてやる。失くしたっていって主人にまた作ってもらえよ」

そう言って指輪を取ろうと手を伸ばしてきた。反射的にバッと手を隠す。

「申し訳ございません。これだけは渡せません。他のものならなんでも渡しますから、服でも髪でも……」

男がニヤッと笑う。

「なんだ、そんなに価値があるものなのか？」

無理やり腕を掴むと指輪を奪おうとする。

「申し訳ございません、これは渡せません」

そう言うと男の腕を掴み逆に捻った。

「いでぇ！　何すんだ、離せ！」

「これは正当防衛ですよね？」

不気味に笑う俺に、男は怯えた顔を向けた。久しぶりに向けられた表情に心が荒む。

ミヅキと一緒にいるようになって、こんな表情を向けられることはなくなったから……

こいつをどうしてやろうかと考えていると……

「こらぁ〜！」と幼い声が近づいてきた。その声を聞いて荒んでいた心に温もりが戻った。

「うちのデボットさんに何してるの！」

ミヅキが俺を庇うように前に出た。

「ミヅキ……」

「なんだこのチビッ子は！　どう考えても俺がやられてただろうが！」

男が捻られていた腕を擦りながらミヅキに凄んだ。

「デボットさんが理由もなく人を傷つけるわけない！　あなたがなにかしたのは間違いないんだから！」

その言葉に俺はミヅキを抱き上げて顔を見た。

「ミヅキありがとう。それとごめんな」

びっくりしていたミヅキの顔がみるみる崩れていく。

「デボッドォざぁ〜ん！　わたしもごめ〜ん、ごめんねぇ〜」

急に泣き出して抱きつくミヅキに男が唖然としている。

「お、おい！　なにやって……」

男が文句を言おうとして、言葉を止めた。

男の視線は俺達の後ろに向いている。

俺達の後ろでは、大きな黒い獣――シルバが顔を出して唸っていた。

「グゥルルルー！」

「シルバ」

シルバが俺達を守るように男の前に立ち塞がる。

「ヒッ……な、なんだそいつは！」

もう腰が抜けそうな男に向かってクスッと笑う。

「知らないんですか？　結構有名だと思いますけど。ドラゴン亭のフェンリル使いの幼子(おさなご)って知りませんか？」

「えっ？」

腕に抱かれて泣いてる子供とフェンリルを交互に見ると、男の顔井戸がさぁーが青くなる。

「す、すみませんでしたー！」

男は俺が渡した袋を放り投げると逃げ出してしまった。

「ミヅキもシルバもありがとうな」

「デボットさん、大丈夫だった？」

「ああ、ミヅキが助けに来てくれたからな、嬉しかったよ」

「デボットさん、王都にいない方がいいのかな？」

ミヅキが心配そうに見つめる。

「いや、いつもならあんなことはほとんどないよ」

「なら、どうして？」

「ミヅキにあんな態度を取っちまって、気になってボーッとしてたらな……」

恥ずかしそうに目線を逸らす。

「ふふふ、私達一緒だね」

ミヅキが可笑しそうに笑っている。

「私も料理を作ってたんだけど、デボットさんのことが気になって手につかなくて、テリーさんにデボットさんの所に行ってこいって言われたの」

へへへと恥ずかし笑うミヅキが愛おしい。

「悪かったなミヅキ、ちゃんと話も聞かないで。あの後にレアルさんにちゃんと聞いたよ。リュカやビリー達が落ち着くまで面倒を見ればいいって」

「当たり前だよ！　デボットさんたら、ずうーっと王都に残されると思ってたの？」

「ああ」

「そんなわけないじゃん！　レアルさんもデボットさんも落ち着いたら一緒に町に帰ろう。あっでも、皆で住むにはベイカーさんの家だと小さいなぁ」

ころころと変わるミヅキの表情が可愛くて、そしてしばらくこの顔を見れなくなるのかと思うと少し寂しそうに見つめていた。

「なーに？　なんで人の顔を見て笑ってるの？」

「いや、この顔がしばらく見えれなくなるのは寂しいなと思ってさ」

ミヅキはグッと顔に力を入れると胸に顔を押し付けてきた。

「なんでそんなこと言うの！　寂しくなるじゃん！」

泣くのを我慢しているミヅキの背中を優しく撫でながら、今だけは俺だけの主人だとゆっくりと歩きだした。

◆

「仲直り出来たみたいだな」

デボットさんに抱きかかえられて帰ってきた私にテリーさんが笑いかける。

「お陰様で……」

「すまなかったな、気を使わせた」

デボットさんも気まずそうに礼を言う。

「いえ、俺達の為に残ってくれるんですよね？　早くデボットさん達がミヅキの元に帰れるように俺達も頑張りますから」

「ありがとう、期待してるよ」

デボットさんがテリーさんの肩をポンと叩いた。

「結構すぐに帰れるんじゃないか？」

手伝いに来ていたポルクスさんが厨房に顔を出した。

「あっポルクスさん、もう来てくれたんだね！」

「ああ、あらかた下準備は終わったぞ。テリーも手際がいいし、これならすぐにここを任せられるだろ」

ポルクスさんに褒められてテリーさんが嬉しそうに照れている。

「よし、じゃあ仕上げちゃおう」

元気になった私はデボットさんから降りると腕まくりをする。

「ポルクスさんとテリーさんに取っておきの料理を教えておくからね！」

張り切る私にデボットさん達はホッとした顔を浮かべていた。

七　最後の晩餐

その日の夜、私は王都でお世話になった人を田んぼの近くに作った広場に集めた。

「皆さん！　短い間でしたがお世話になりました。また王都に来る時はよろしくお願いします。今日は感謝を込めて料理を作りました。皆で楽しく過ごして下さい！」

『わぁー！』

パチパチパチ！　広いテーブルに並ぶ沢山の料理に皆が注目する。

「まずは王都で定番になったコロッケに唐揚げ、ハンバーグ、オークカツ。それとカレーパン！」

「カレー！」

マルコさんが目を輝かせる。

「ミヅキさん！　これがあの噂のカレーですか？」

マルコさんがカレーパンに釘付けになっている。

「マルコさん、待たせてごめんね。ご飯がもうないから、カレーパンにしてみました。新作だよ」

「新作！」

ジルさんが話の途中なのに手を伸ばそうとしてベルさんに怒られる。

「ミヅキちゃん、早く早く続きの説明よろしく！」

皆が我慢できないと要求する。

「ハイハイ、あとは牛乳のスープとトマトのスープ。隣はテリーさんお手製の焼き鳥です！」

「テリーが作ったのか、凄いな！」

ギースさん達も驚いている。

「ここからまた新作でーす。ミートスパゲティとカルボナーラとペペロンチーノ！」

「なんだこの細いのは？」

「これはパスタっていいます。小麦粉と水とオイルで作った麺料理です。この赤いのがトマト味、白いのが牛乳と卵を使ったクリーム、このシンプルなのがガーリックをタップリと使ったピリ辛の味になってるよ」

「美味そうな匂いだな」

「早く食ってみてぇな」

部隊兵の皆が今にもヨダレを垂らしそうになっていた。

「美味しいよ〜。それとこっちがデザートです。パンケーキとクレープ、定番のプリンに後は……お楽しみに！」

でっかい鍋を布で隠しておく。これは最後のサプライズで取っておいた。

「お待たせしました。さぁ皆さん、召し上がれ！」

私の合図に皆が料理に殺到する。私は、その様子を幸せに見つめていた。

「ミヅキ、ちゃんと食べてるのか？」

しばらくするとベイカーさんが料理を手に私の隣にきた。

「味見し過ぎてお腹いっぱいなんだよ」

ポンと自分のお腹を叩く。

「明日には王都とも、皆ともお別れだな」

「うん……」

眉毛を下げて笑った。

「また王都に来れば会えるんだから、そんな寂しそうな顔をするな。今夜は楽しめよ！」

ベイカーさんが励ますように背中を叩いてくれた。

「楽しんでるよ……ってそうだ、忘れてた！」

立ち上がると料理を食べてたリュカ達を呼ぶ。

「皆、プレゼント見せるの忘れてた！」

広場の端に茂みを作り、皆へのプレゼントを隠していたのだ。魔法で茂みをスルスルと退かす。

「何これ？」

「なんかの道具？」

ミト達がそれを見て首を傾げる。

「これは遊具――シーソーだよ。ミト、ラバおいで！」

シーソーの板の端と端に二人を座らせる。

「ミト、軽く地面を蹴って跳ねてみて」

ミトが地面を蹴ると板が上がり、ラバ側の板が下に下がる。

「何これ！」

「今度はラバが蹴って、それを交互にやってみて」

ガッタン、ゴットン！　音を立てながら上へ下へと板が動く。

ミトとラバが楽しそうにしている姿に、リュカが羨ましそうな顔をしていた。

「もう一台あるから、リュカ達もやってみて！」

リュカがテオを誘って乗り込み、楽しそうに遊んでいる。

「あとはこっちにも来て！」

指差す先には滑り台があった。

「ディア、この階段上ろ！」

私が先に階段に登り滑り台を滑ると、ディアが後ろからついてくる。

「サラとセリ達もおいで！」

「きゃぁ～！」

「最後がこれ！」

それは木で作ったジャングルジムだった。

「この木を足場に上に上がったり、中を迷路みたいに歩くんだよ」

ジャングルジムの中に入ると子供達が好きなように遊びだす。羨ましそうに見ているベイカーさんに声をかけた。

「ベイカーさん、皆を捕まえてみてよ。皆、ベイカーさんが鬼だよ。捕まらないように逃げてね」

「「「きゃぁ～！」」」

皆がジャングルジムを使って逃げるのを、ベイカーさんが「待てー！」と楽しそうに追いかけている。

「これ、中は意外と狭いな。くっ、体がつっかえる」

ベイカーさんがモタモタしてる間に子供達はスイスイとジャングルジムの中を駆け回っている。

「皆、ここ見て！」

私はジャングルジムの真ん中にある地面を指差した。

「これって扉？」

そこには人が通れる扉があった。

「うん、ここね、皆の避難場所にもなってるの。この木はすっごい頑丈だから、大人でも壊すことは出来ないの。それに、体の大きな大人はこの奥までは来れないんだよ」

そう言ってニヤッと笑う。

「もし悪い人達が来たら、ここにも逃げられるからね。それでこの扉は貯蔵庫の避難場所に繋がってるの」

「なんか、秘密基地みたいだな！」

リュカが私の説明を聞いてワクワクしている。

「それと、皆にコレも渡しておくね」

イチカ達にも渡した指輪を皆にも渡した。

「私達全員のお揃いだよ。この指輪を、この窪みに入れてみて」

扉に付いた窪みを指し、リュカに指輪を差し込んで捻ってもらう。すると、カチッといって扉が開く音がする。

「これはこの指輪じゃないと開かないの、この固さが必要だからね。指輪はお金に困ったりしたら売ってもいいけど、この扉の秘密は皆だけの秘密だよ」

指輪を受け取った全員が真剣な表情で頷いた。

「リュカ達はいつかここには入れなくなっちゃうかもしれないけど、その時はリュカ達が助けたいと思う子達にここを引き継いであげてね」

「わかった」

しっかりと男らしい顔つきのリュカを見て、そうなる日も遠くなさそうだと感じた。

「おい、ミヅキ。あの木の檻みたいな遊具って」

ベイカーさんがコソッと私に話しかけてくる。

「うん、神木で作った」

呆れるベイカーさんに笑顔で答える。

「やっぱり……全然折れる気がしなかったし、中に行くごとに身動きがどんどん取れなくなる感じだったぞ」

「だってそういう風に作ったんだもん」

「どうやったんだ？」

「神木様の苗木を植えて水をかけたら芽が出た」

「はぁー!?」

「セバスさんも同じ反応してたよ」

双子のような反応に思わずケラケラと笑う。

「ほら、挿し木とかってあるでしょ。だから神木様の木でも出来ないかなって思って試してみたの。木を貰ってすぐに収納にしまったから大丈夫だったみたいだね」

上手くいってよかったと喜んでいるとベイカーさんは複雑そうな顔をする。

「神木を遊具にしていいのかよ」

「神木様が好きにしていいって言ったし、あの形だって神木様が作ってくれたんだよ。私はこういう形にしたいって言っただけだもん」

「神木と話せたのか？」

「うん、苗木を通して話せた。ここに来れば、何時でも神木様に会えるね」

ベイカーさんは一瞬ほおけるが、ブンブンと首を振って正気に戻る。

「まぁ、セバスさんが側にいてやったことならいいんだけど」

「ちょっと怒られたけどね」

「だろうな、当たり前だ！」

ベイカーさんが叫んだ。

「でも、皆楽しそうだし、コレで皆を危険から少しでも助けられるなら怒られるぐらいどってことないよ！」

ベイカーさんがフッと笑い、そのあとピタッと表情が固まる。視線の先が私の後ろを見ていた。

「ミヅキさん、反省してないようですね」

「セ、セバスさん！」

「じゃ俺は……ミヅキ頑張れ」

ベイカーさんはそそくさと逃げていった。裏切り者〜！

「全く、あれほど注意したのに……」

セバスさんに困り顔を向けられる。

「で、でも、皆には神木ってこと言ってないよ！　あの形ならバレないでしょ。一応考えて作ったんだよ」

「わかる人にはわかりますよ」

「うっ……」

痛いところをつかれて言い淀む。

「まぁ、大変よく出来ていますし、私も認めています」

しょうがないとセバスさんが苦笑した。

「先程ポルクスさんとテリーさんがミヅキさんを探していましたよ。何やら最後の仕上げがあるとか」

どうやらセバスさんは私を呼びに来てくれたようだった。

「あっそうだ。最後のデザートがあるんだ。セバスさんありがとう！　行ってきます」

駆け出すが、途中で足を止める。セバスさんが不思議に思ったのか近づいてきたので、くるっと回って側に寄るとそのまま抱きついた。

「セバスさん、ありがとう、あと……色々ごめんね」

「もういいですよ、怒っていませんから」

「うん、またね！」

バイバイと手を振ると今度は振り返らずに走っていった。

セバスさんの温かい視線を背中に感じた。

「それでは最後のデザートの葡萄酒(ぶどうしゅ)のコンポートです。こっちは大人向けのアルコール入り！　こっちの器は子供用でアルコール抜きになってます」

「おっ酒のデザートか？　それはいいな！」

酒と聞いて大人達がワラワラと寄ってくる。私は一人一人に器によそって渡していった。

「まだまだ沢山のあるからいっぱい食べてね。シロップを少し薄めて飲んでも美味しいよ。大人用はそんなに煮詰めてないからね」

「これ、おさけ？」

ミト達がデザートに手をつけるのをためらっている。

「子供用はアルコールを飛ばしてあるから大丈夫なんだよ。甘ーい果実が葡萄酒を吸って、さっぱり食べられるよ」

あーんと口に入れてあげる。

「おいしぃー！」

ほっぺを押さえて喜んでいる。

「作り方も簡単だから、今度はテリーさんに作って貰ってね」

「甘いなぁ！　お酒って美味いんだな」

リュカがバクバクと食べている。

「リュカ〜、これはお酒は入ってないんだよ。お酒は大人になってからだよ。あと適度な量を飲むようにね。じゃないと、ああなっちゃうよ」

そう言って葡萄酒コンポートを抱えてる大人達を指差す。

「結構アルコール度数を高めに仕上げたから、甘いとバクバク食べれちゃうんだよね」

そこにはヘロヘロになり既に潰れている人達もいた。

「ミヅキ〜これは美味いなぁ〜！　最高だぜ〜！」

アラン隊長がおぼつかない足取りでコンポートのおかわりを取りに行こうとしている。

「あーあ、アラン隊長はそこにいてよ、私がとってきてあげるから」

大きめの器に沢山のコンポートをのせてタップリとシロップもかける。

「はい、どうぞアラン隊長！」

「お！　こんなに沢山ありがとうな！」

「隊長、ずるいですよ！　俺達ももっと食べよう」

「まだまだ沢山作ったから、皆さんも食べて下さいね！」

皆のためにコンポートをよそって配っていく。

大人達はあっという間に酔いが回って、次々と眠りこけていった。

子供達は家に戻り眠りにつき、まだ意識のあった人達もよろよろと家に帰っていった。

木魔法でベッドを作り、酔いが回って地面に眠っている人達を寝せていく。

一人一人に布をかけて寝顔を見ていくと、よだれを垂らして爆睡してる人、ガーガーと豪快ないびきをかいてる人、静かにスヤスヤと眠る人と、皆幸せそうに眠っていた。

ベイカーさん……ベイカーさんにも布をかけるとお腹の上にそっと手紙を置く。

セバスさん……椅子に座り足を組んで眠っているセバスさんにも、そっと布をかけて膝の上に手紙を置いた。テーブルをあらかた片ずけるとシルバが隣に来ていた。

私は周りを見回し、誰も起きていないことを確認するとシルバを撫でて背中に乗る。

そしてシンクとコハクを連れて広場を離れていった。

◆

【ミヅキ、いいのか？　黙って出ていって】

シルバが心配そうに何度も確認してくる。

私は、シルバに向かい合って頷いた。

【うん、いいの。ちゃんと手紙は書いたし、皆の顔を見たら泣いちゃいそうだから……】

【ベイカーやセバスは怒るんじゃないのか？】

【あの二人は、私に無理やりでもついてきちゃうでしょ。仕事もあるのに私に付き合わせるわけにはいかないから……それに、私にはシルバ達がいてくれるから大丈夫！】

そう言ってシルバにギュッと抱きつく。

【そこまでして、今すぐにコジローの里に行かなくてもいいんじゃないのか？】

【だめ！　神木様に聞いたら、やっぱりあの土地には私が求めてる物がある確率が高いの。それがどうしても欲しいんだ】

【また美味しいものか？】

シルバがブンブンと尻尾を振る。

【もうね、すっごい美味しいよ！】

【それは楽しみだ！】

王都の門に着くとコジローさんが待っていた。

「ミヅキ！　シルバさん！」

「コジローさんお待たせ～」

「あれ？　ミヅキさん達だけですか？　ベイカーさん達は？」

コジローさんが見送りに誰もいないことに驚いている。

「実は、皆には内緒で出てきたの。でも、コジローさんの里に行くってことはちゃんと言ってあるから大丈夫だよ」

そう言って笑いかけるが、コジローさんの顔色がみるみる変わる。

「ミヅキさん、それはだめだよ。帰ってきたらどうなるか……」

「帰るのはかなり先になるから、そのときには忘れてるよ。大丈夫！　大丈夫！」

あははと笑うと門に向かう。

◆

【シルバさん、いいんですか？】

【一応手紙も置いてきたから、まぁどうにかなるか？】

【はぁ……帰ったら俺もシルバさんも怒られるだろうなぁ】

【なに！　俺もか？】

【小言は言われると思いますよ】

【う、うむ】

シルバは、ミヅキのためならば仕方ないと覚悟を決めた。

◆

門番に挨拶をして王都を出る。しばらく歩いていると暗闇からフワッと何かが降りたった。

【プルシア〜】

久しぶりのプルシアとの再会が嬉しくなり抱きつくと、プルシアは顔を近づけてきた。

【ミヅキ、久しぶりだな】

【もう用事は終わったの？　本当に来てくれて嬉しいよ】

【また呼び出される事はあるかもしれないが……しばらくは一緒にいよう】

【嬉しい！】

もう一度プルシアに抱きつくとシルバが後ろからやってきた。

【プルシアがいれば移動が楽だな！】

シルバがプルシアに乗る気満々で尻尾を振る。

「えっ！　ド、ドラゴンに乗っていくんですか！」

コジローさんが目を見開くとプルシアを見上げた。

【ミヅキ達はいいが、あの男も乗せるのか】

プルシアはコジローさんをギロっと見下ろした。

【こいつは人族じゃないんだ。一応俺の昔の眷族(けんぞく)なんだがどうだ？】

シルバが交渉するがプルシアが難色を示す。

【コジロー、あのことをミヅキに話せ。それならプルシアにも乗れるだろ】

【シ、シルバさん！】

コジローさんがあたふたと慌てる。

「なーに？　コジローさんどうしたの？」

シルバと話しながら慌てるコジローさんに声をかけた。

【大丈夫だ、ミヅキだぞ】

【そ、そうですね。いつかは話そうと思ってましたから……】

コジローさんは覚悟を決めたように私に向き合う。

「ミヅキ、俺は王狼族だと言ったのは覚えてるか？」

「うん！　シルバの眷族だったって言ってたね」

「そうだ、王狼族の特徴としてあまり知られていないが、俺達は獣に変身することが出来るんだ」

「ふーん？　それって獣人とかとは違うの？」

「彼らは人間と獣のそれぞれの特徴を持った種族だが、俺達は人と獣両方になることができる。だから少し違うんだ」

「えー！　見せて、見たーい！」

変身出来るなんて凄い！　ぴょんぴょんと跳ねて興奮する。

その様子にコジローさんはほっとしたような顔を見せた。

【だから言っただろうが】

【本当ですね、なにを俺はあんなに躊躇してたのか】

　コジローさんが笑った。

【普通の人間は、自分と違う、異端な者を嫌がるんですけどね】

【ミヅキだからな】

　私はシルバと何やら話しているコジローさんに早く早くと催促する。

　するとコジローさんは、手を合わせてくるっと後ろにバク転した。

　着地と同時にそこには茶色の毛色の犬がちょこんと座っていた。

「きゃー忍者だ！　忍者の変化だ。素敵ー！」

　犬に向かって手を伸ばそうとするが、犬はビクッと固まってしまう。

「あれ、コジローさんだよね？　触るのは駄目」

　手を引っ込めて残念そうな顔をすると、犬の姿のコジローさんが慌てた様子で擦り寄ってきた。

「触ってもいい？」

　そう尋ねるとパタパタと尻尾を振っている。

【いいそうだぞ】

　シルバが教えてくれる。

「コジローさん、犬の状態だと喋れないんだ？」

　驚きながらそっと首元をワシワシと撫でる。気持ちよさそうな顔を見て、そのまま頭を抱えるように撫でていく。

「ふわぁふわぁだぁ～！」

思わずギュッと抱きつくと、またビクッと固まってしまう。

「コジローさん？」

呼びかけると脚をパタパタと何度も足踏みをして落ち着かない様子だった。

【プルシア～、この状態なら乗せてくれる？】

【ミヅキが頼むなら、まぁいいだろ】

【やったー！】

コジローさんを抱えるとシルバに跨った。するとシルバがヒョイッとプルシアの背に乗った。

コハクやシンクも後に続く。

【それで何処に行けばいいんだ？】

「ワン！　ワン！」

【西の方角に進んで欲しいそうだ】

【西だな】

バッと翼を広げるとフワッと浮かび上がった。しかし、西に向かわずに王都の方へと向かってしまう。

【プルシア？　向かってほしいのは西だよ、こっちは王都の方だよ？】

【ああ、わかっている】

しかし、プルシアは方角を変えようとしない。

王都の防壁が見えてくる。防壁の天辺に人影が見えた。

「あれ、誰かいる……」

思わず立ち上がり、その人影を見て、ギュッっとコジローさんを抱く力が強くなる。

「ベイカーさんに、セバスさん？」

寝ていたはずの二人が防壁の上からこちらを見つめていた。

「この馬鹿娘〜！　挨拶もなしに勝手に行くなー！」

「こんな手紙一つじゃ許しませんよ！」

二人の大声が王都の上空に響いた。

「ベイカーさん……セバスさん！」

私も負けじと大声で返す。

「気をつけて行ってこい！」

「帰りを待っていますよ！」

ベイカーさんとセバスさんが笑って手を振っている。

「うん……行ってきます！」

私は精一杯の笑顔で二人に手を振り返した。

プルシアが方角を変え西の方角に向かうとあっという間に二人が見えなくなった。

私は溢れる涙をふきもせず、王都の方向を見つめていた。

エピローグ

「行っちまった……」

「ええ、会ったばかりだと言うのに……見送るのは二回目ですが、やっぱり寂しいですね」

セバスがこちらの方を見たので、サッと顔を逸らした。

「ベイカーさん？」

俺は顔を擦って後ろを向く。

「さぁ帰ろうぜ、皆にもミヅキが勝手に出ていった理由を説明してやんないとな」

ヒョイと防壁の上から飛び降りた。

◆

少し遡って……

ミヅキのおもてなしに、皆で料理を楽しんでいた時。最後のデザートで酔いつぶれた大人達の隙間を縫うように、ミヅキがシルバ達と郊外の里を去って行った。

俺は閉じていた目をパチッと開いた。セバスを見ると、やはり同じように目を開けてミヅキからの手紙を見つめていた。

ミヅキの手紙を手に取り紙を開く。手紙はふわぁっとミヅキの甘い匂いがした。

『ベイカーさんへ

黙って王都を出ることをまずは謝ります。ごめんなさい。

私はどうしてもコジローさんの里に行きたいのです。

ベイカーさんとは離れるのは初めてだからとっても不安な気持ちがある。

でも、そんな顔を見せたらベイカーさん達は優しいから、ついてくるって言ってくれるよね。

だけどベイカーさんにはベイカーさんの仕事があるから、それを邪魔はしたくありません。私もコジローさんの言うことを聞いて大人しくしてるから、ベイカーさんもお仕事頑張ってね！

面と向かって言えなかったことを許してね。いってきます！

ミヅキ』

「あいつは……顔を見ないで見送る方がもっと嫌だよ」

「じゃ行きましょうか、娘のお見送りに」

いつの間にかセバスが目の前に立っていた。

そうして俺達はミヅキを見送りに行ったのだった。

◆

ベイカーさんとセバスさん、大事な二人の予想外にお見送りを思い出して、王都から離れた今も、私は涙をこらえきれずにいる。

【ミヅキ、大丈夫か？　ベイカー達の元に戻ってもいいんだぞ】

心配したシルバが声をかけてくれる。

【ううん、大丈夫。ベイカーさんとセバスさんには、またすぐに会えるもん。私だってたまには自分の力で頑張らないと……！】

神様、私、まだまだこの世界で頑張ります。

だから適度にほっといて下さいね。

LEAVE ME ALONE!
ほっといて下さい
従魔とチートライフ楽しみたい!
1~2
原作 三園七詩
Nanashi Misono
漫画 鳴希りお
Rio Naruki
RC
Regina COMICS
大好評発売中!
伝説のもふもふお供に愛され幼女、異世界満喫中!?
OLのミヅキは、目が覚めると見知らぬ森にいた——なぜか幼女の姿で。どうやら異世界に転生してしまったらしく困り果てるミヅキだったが、伝説級の魔獣フェンリルに敏腕A級冒険者と、なぜだか次々に心強い味方——もとい信奉者が増えていき……!?
無自覚チートな愛され幼女のほのぼのファンタジー、待望のコミカライズ!
アルファポリス 漫画
検索
Webにて好評連載中!
B6判／各定価：748円（10%税込）
ほっといて下さい
従魔とチートライフ楽しみたい!
2
三園七詩
鳴希りお
チート幼女に新たな従魔!?
ふわもふ聖獣増えちゃいました!!
270万突破!!!
愛され幼女のほのぼの過保護ファンタジー!!
第12回アルファポリスファンタジー小説大賞読者賞受賞!
超人気作、待望のコミカライズ!

RC
Regina COMICS
シリーズ累計(電子含む)
116万部
突破!!
詐騎士
1〜12
SAGISHI
Presented by Kaitoko
Comic by Natsumi Asa
大好評
発売中!!
原作 かいとーこ
漫画 麻菜摘
アルファポリスWebサイトにて
好評連載中!
新感覚ファンタジー!
ある王国の新人騎士の中に、一人風変わりな少年がいた。傀儡術という特殊な魔術で自らの身体を操り、女の子と間違えられがちな友人を常にフォローしている。しかし実は、その少年こそが女の子だった！　性別も、年齢も、身分も、余命すらも詐称。飄々と空を飛び、仲間たちを振り回す――。そんな詐騎士ルゼの偽りだらけの騎士生活！
B6判／各定価：748円（10%税込）
アルファポリス 漫画
検索

Regina COMICS
悪役令嬢だそうですが、
攻略対象その5以外は
興味ありません
1~2
原作：千 遊雲
漫画：タロコ
大好評発売中！
ある日突然、大好きな乙女ゲームの悪役令嬢に転生したユナ。本当はヒロインの恋路を邪魔する役割なのだけれど……ヒロイン？　シナリオ？　そんなの関係ありません！　愛してやまない『攻略対象その5』の彼の役に立ち、喜ぶ姿を見るべく奮闘してたら…5歳で魔法のエキスパートになったり精霊と契約したりとシナリオはめちゃめちゃになっていて——!?
アルファポリス 漫画
検索
B6判
各定価:748円(10%税込)

この作品に対する皆様のご意見・ご感想をお待ちしております。

おハガキ・お手紙は以下の宛先にお送りください。

【宛先】

〒150-6008 東京都渋谷区恵比寿4-20-3 恵比寿ｶﾞｰﾃﾞﾝﾌﾟﾚｲｽﾀﾜｰ8F
（株）アルファポリス　書籍感想係

メールフォームでのご意見・ご感想は右のＱＲコードから、
あるいは以下のワードで検索をかけてください。

ご感想はこちらから

本書は、「アルファポリス」（https://www.alphapolis.co.jp/）に掲載されていたものを、改題、改稿、加筆のうえ、書籍化したものです。

ほっといて下(くだ)さい６　～従魔(じゅうま)とチートライフ楽(たの)しみたい！～

三園七詩（みその　ななし）

2023年 3月 5日初版発行

編集－加藤美侑・森 順子
編集長－倉持真理
発行者－梶本雄介
発行所－株式会社アルファポリス
〒150-6008 東京都渋谷区恵比寿4-20-3 恵比寿ｶﾞｰﾃﾞﾝﾌﾟﾚｲｽﾀﾜｰ8F
TEL 03-6277-1601（営業） 03-6277-1602（編集）
URL https://www.alphapolis.co.jp/
発売元－株式会社星雲社（共同出版社・流通責任出版社）
〒112-0005 東京都文京区水道1-3-30
TEL 03-3868-3275
装丁・本文イラスト－あめや
装丁デザイン－AFTERGLOW
（レーベルフォーマットデザイン—ansyyqdesign）
印刷－図書印刷株式会社

価格はカバーに表示されてあります。

落丁乱丁の場合はアルファポリスまでご連絡ください。

送料は小社負担でお取り替えします。


ISBN978-4-434-31670-8 C0093